约瑟夫·罗特（Joseph Roth，1894—1939）

家社会科学基金项目：约瑟夫·罗特与奥地利文学中的“哈布斯堡神话”研究
（项目编号：18BWW068）

主编 刘炜

罗特小说集

10 ·沉默的先知·

［奥地利］约瑟夫·罗特 著
黄河清 译

漓江出版社
·桂林·

图书在版编目 (CIP) 数据

罗特小说集 . 10 / （奥）约瑟夫 · 罗特著；黄河清译；刘炜主编 . -- 桂林：漓江出版社，2022.5
ISBN 978-7-5407-8604-5

Ⅰ . ①罗… Ⅱ . ①约… ②黄… ③刘… Ⅲ . ①长篇小说 - 奥地利 - 现代 Ⅳ . ① I521.45

中国版本图书馆 CIP 数据核字（2019）第 008093 号

LUOTE XIAOSHUO JI 10 · CHENMO DE XIANZHI
罗特小说集 10 · 沉默的先知
［奥地利］约瑟夫 · 罗特　著
黄河清　译

出版人：刘迪才
责任编辑：辛丽芳
书籍设计：李诗彤　周泽云
责任监印：张璐

出版发行：漓江出版社有限公司
社址：广西桂林市南环路 22 号　邮编：541002
发行电话：010-65699511　0773-2583322
传真：010-85891290　0773-2582200
邮购热线：0773-2582200
电子信箱：ljcbs@163.com
微信公众号：lijiangpress
印制：香河县闻泰印刷包装有限公司
［河北省廊坊市香河县安平镇二街　邮编：065402］
开本：880 mm × 1230 mm　1/32
印张：7.375　字数：130 千字
版次：2022 年 5 月第 1 版　印次：2022 年 5 月第 1 次印刷
书号：ISBN 978-7-5407-8604-5
定价：45.00 元

目 录

前 言

刘 炜

没落帝国的歌者——约瑟夫·罗特

约瑟夫·罗特，一个生于奥匈帝国的犹太人，受过良好的德语教育，还是优等生，平坦前途本应可期，却因 1914 年那场著名的刺杀事件改变了方向。

第一次世界大战规模巨大，共约六千五百万人参战，罗特便是其中之一。1918 年，同盟国战败，奥匈帝国解体，一个由哈布斯堡家族统治的多民族共存的国家就此瓦解，该家族最后一个皇帝卡尔一世无奈流亡，欧洲历史上统治领域最广的王室也就此没落。

旧帝国被多个民族国家取代，传统秩序和价值崩塌。建立独立的民族国家是当时许多人梦寐以求之事，但对犹太人来说却并非如此——他们没有自古以来属于自己的土地，奥匈帝国的消失意味着他们失去了唯一的祖国。弗洛伊德在 1918 年停战日的日记中说："我不想生活在任何其他地方……

我将继续靠它的躯干活下去，并想象它仍是一个整体。”类似想法日后也成为罗特小说着重要表现的内容。

一战后，政局混乱，各种新思潮涌现，迷茫的人们迫切寻找着新方向，最终的结果却是法西斯的崛起。身居柏林的罗特第一时间选择了离开，开始流亡生涯。在对纳粹的愤恨中，哈布斯堡王朝的统治越发显得宽容可亲，虽然它陈腐僵硬，他也在小说中批判过这一点，但它有统一、稳固的价值体系，人们身居其中，按部就班，不会相互倾轧，更不会出现种族灭绝的疯狂念头。观念演变成小说，罗特逐步建构起自己的“哈布斯堡神话”，核心作品《拉德茨基进行曲》带着缅怀之情展现了帝国衰落的过程，也是他献给哈布斯堡王朝的一曲挽歌。

的确，罗特在小说中美化了帝国，甚至还曾试图在现实中恢复其统治。这被当时很多人诟病，在今天看来也有些难以理解，但试想一下，一个犹太人，面对着纳粹的虐行，在绝望困境中，有这样的想法又合情合理。他最大的希冀，是寻求一个多民族可以共存、有着明晰善恶标准的生存之地，即便如今，这也是这个世界仍需面对的问题。

在罗特去世后，其作品在德国遭遇了长时间的冷遇。作品的再次出版，尤其是中译本的推出，无疑拓宽了我们对德语文学了解的广度，这位可与最优秀德语作家齐肩的人，在死后多年丰富了文学以及文学史。

约瑟夫·罗特与他的“哈布斯堡神话”

苏俄之旅改变世界观：对哈布斯堡王朝没落的反思

第一次世界大战爆发两年后的1916年，罗特参军，在离前线不远的军报编辑部工作。其间，他创作了第一部短篇《优等生》。前线的经历后来被他不断演绎，成了生活与创作中不可或缺的桥段。但这些臆想出来的故事却给后世的罗特研究添了不少麻烦。在他笔下，被俘后逃出战俘营及在归乡之路上的种种历险被演绎得栩栩如生，以至不少朋友信以为真，而日后许多对罗特的回忆文本也将这些故事当作信史去转述。

1918年，也曾号称过“日不落帝国”的奥匈帝国战败并解体，罗特回到维也纳，靠给不同报社撰稿为生。在这里，他的写作天赋得以发挥，出版了早期几部明显具有社会批判色彩的作品，如1923年的《蛛网》、1924年的《萨沃伊酒店》和《造反》等。这些作品以一战后的小人物为主角，刻画了被时代巨轮碾轧过的芸芸众生。战后归乡者的落魄、无助和绝望跃然纸上，使初入文坛的罗特很快为时人所认可，被看作是一位世界观明显左倾的青年作家。而罗特对此也毫不避讳，在一些报刊文章上甚至以“红色约瑟夫”署名。

时至二十世纪二三十年代，罗特已是德语国家的明星记者，就职于《法兰克福报》。1926 年，他受报社委托考察历经战乱才复苏不久的苏联。这趟旅行的观感，都作为创作背景出现在了此后出版的一系列以苏联革命为背景的小说中，如 1927 年的《无尽的逃亡》、1929 年的《右与左》等。在这一时期的许多作品中，可以清晰地看到新写实主义的影子。小说开篇对读者的声明，文本中经常出现的通信、日记、回忆，仿佛都在刻意制造讲述者和故事之间的距离感，好像一个局外人闲来无事，随意聊起了一段事不关己的往事。这种疏离感并非单以写实为目的，而是更着意于营造罗特最为擅长的伤感气氛。这趟苏联之旅也成为罗特世界观的拐点。此后，他的写作重心告别了左翼的社会批判，转而反思哈布斯堡王朝没落的缘由及后果，也成就了日后奥地利文学史中的“哈布斯堡神话”。

缅怀奥匈帝国的宽容：落后中有着传统价值的坚韧

一战后，哈布斯堡家族治下的奥匈帝国分崩离析，变成了许多个民族国家，而世居在此的犹太人突然成了失去家园的无根浮萍，因为没有哪个新兴的民族国家愿意留给他们一席容身之地，更不愿视其为自己人。这一剧变让类似罗特这样出生于先前奥匈帝国的犹太作家对没落的哈布斯堡王朝产生了深深的眷恋。在他心中，老帝国就是故乡和亲情，是个无论世事如何艰辛都会给犹太人留条活路的地方。他 1932 年出版的小说《拉德茨基进行曲》直到今天，都是现代奥地利德语文学中“哈布斯堡神话”的代表作品。正因如此，曾长期在德国电视台主持《文学四重奏》且有“文学教皇”之誉的著名文学评论家拉尼茨基（Marcel Reich-Ranicki）将该小说列为德国人必读的二十部小说之一。

罗特笔下的奥匈帝国并非世外桃源，而是如同一个面凶心善的老爷子。人们偶尔要躲一躲他手中的鞭子，但生活的节奏并未因此被打乱。小人物们也都练就了种种偷生的本领。如同短篇《草莓》中所描述的场景，人们家里虽然破烂，日子贫寒，但没有那泯灭人性的你死我活。人们总能找到一条出路，不会因绝望而走上绝路。只不过这种起码的要求看似简单，但在二十世纪大萧条后的那个混乱年代里要想实现却非易事。不过总的来说，虽环境险恶，人们总还能绝处逢生。老帝国严峻面孔的背后，也有着睁只眼、闭只眼的豁达，使人感受到更多的是放任和宽容，而不是勉强和苛求。在对往昔的回忆中，流露得更多的是温情。有小过而无大恶，这就是罗特历史观中的评判标准，也是他对过去时代和奥匈帝国总的评价。性情散漫，荒蛮广阔，其实是宽容的写照。争端纷起的现实生活，所缺少的恰恰是彼此宽容的心态。如此说来，罗特对过去那个宽容时代的缅怀，便有了现实意义。

“哈布斯堡神话”在这样的讲述中被具体到老帝国东部领地的一隅，给读者刻画了充满希望和令人绝望的两个黑白分明的世界。帝国没落前的世界祥和安宁，此后的世界却充斥着堕落。在罗特笔下，希望与绝望总是相伴而生，强烈的对比引导着读者去思考。有意思的是，罗特笔下的“哈布斯堡神话”从来都是以荒蛮落后的奥匈帝国东部边疆区为背景，而非选择现代文明的奥地利城市。现代大城市在他的描述中几乎等同于西方文明的堕落，1930 年出版的《约伯记》和 1934 年出版的《塔拉巴斯》中的纽约就是明显的例子，水泥丛林间，人们经历的是冷漠和异化。在老帝国东部边疆区表面的荒蛮落后里，彰显出的是传统价值的坚韧。体现在人的身上，就是 1935 年出版的《皇帝的胸像》中莫施丁伯爵回忆录中所说的对信仰的“真正的虔诚”。这是世代流传下来、以宗教形式得以确立的善恶标准。掌握住这一点，人在“世界历史的变幻无常”中就可以不至于迷失方向，更不至于失去做人的根本——人性。

没落的哈布斯堡王朝之所以成为“哈布斯堡神话”，首先因为它是一个多民族融合的大家园，代表一种跨越种族、宗教和民族界限的传统文化精神。和谐和统一是帝国的标志。在这片广袤的土地上，各个领地各具特色而又整齐划一；讲着各种语言的不同民族就像大家庭中的兄弟姐妹一样和谐相处。哪怕是最卑微的贩夫走卒，罗特的理想世界都能为之提供生活的种种机遇。作者由此向国人和世人展示真正的奥地利民族精神，它能唤起人们对生活的追求和向往。其次，在罗特笔下的奥匈帝国中，人们看不到彼此的倾轧，看不见意识形态、民族、种族因争斗造成的你死我活。统治者的仁爱与宽容造就了理想世界中的祥和。在同时代另一位犹太作家茨威格的《昨天的世界》中，人们可以读到更为直白的描述："奥匈帝国，那是个由一位白发苍苍的老皇帝统治，由上了年纪的相国们管理着的国家；它没有野心，唯一所希望的就是能在欧洲大地上，抵御所有激进变革的冲击而完好无损。"再者，哈布斯堡王朝是个亘古不变、秩序井然的社会。同样是在茨威格笔下，还有类似的描述："那是个让人有安全感的黄金时代。在我们几乎有着千年历史的奥地利帝国，一切看起来都恒久长远，国家本身就是稳固的保证……每个人都知道自己拥有什么，能得到什么，什么能做，什么不能做。所有的一切都中规中矩、有条有理。"长幼尊卑各守其位，上行下效令行禁止，维持这种秩序的并非严刑峻法，而是人们心中建立在宗教信仰基础之上的传统价值。

民族和种族主义盛行：在流亡中营造乌托邦

在罗特笔下的“哈布斯堡神话”中，与希望对立的是现实中的绝望。第一次世界大战使美好的家园变为废墟，帝国分崩离析，百姓流离失所。对一个犹太作家而言，这种绝望首先归咎于狭隘的民族主义。在短篇小说《皇帝的胸像》里莫施丁伯爵与犹太人萨洛蒙的对话中，民族主义者被说得一文不值，甚至不如达尔文进化论中的猴子。极端排他的民族主义在一战后甚嚣尘上，这是一种缺乏理智和人文情怀的意识形态，是欧洲人与人、国与国间隔阂敌视的一个主要原因。因此，战后在哈布斯堡王朝废墟上形成的许多新民族国家，正如莫施丁伯爵回忆录中的“小格子间”，令人感到局促不安。当时的欧洲，民族主义者以革命为口号，到处制造事端，使欧洲充满着血腥暴力和尔虞我诈。从一战后初期的革命，到希特勒夺权当政，直至最后第二次世界大战爆发，生当此时的人绝望痛苦，而犹太人则还要面临更为可怕的种族灭绝。现实社会中虽然不乏各种信仰和思潮，但却是个传统价值缺失和被否定的时代。在人们放弃了建立于人文精神之上的传统价值后，纳粹主义等极端思潮的传播和泛滥才会成为可能。

这正是令作者感到绝望，也希望能警示世人的地方。在罗特眼中，时代的发展并不等同于进步。他书中现代都市所展现于世人眼前的文明，只能够满足人不断膨胀的欲望。而欲壑难填的各种野心造就的是一群对现实不满、渴望出人头地的战后世界的新主人。

果不其然，在混乱的政局中，得势崛起的是法西斯。1933年1月30日，希特勒被任命为魏玛共和国总理。第二天一早，罗特便乘早班火车离开了柏林。同此后其他许多左翼和犹太作家一样，罗特开始了寓居他国的流亡生涯，并同他们一起形成了流亡文学中的主要创作群体。在去国流亡的日子里，罗特对逝去的哈布斯堡王朝的向往更是日益强烈。而他对过去时代美化、理想化，甚至乌托邦化的创作思路，往往为同时代的左翼作家所诟病，认为这是一种逃避现实、毫无斗志甚至自暴自弃的保守态度。他们认为，法西斯和反法西斯是两大黑白分明的阵营，非此即彼，绝无中间路线。在当时，凡是不直接批判纳粹德国政府的作品和作家，常被扣上思想守旧的帽子。其实，罗特对现实有着清楚的认识，自始至终也不曾抱有任何幻想。他在给许多朋友的信中都对时局做出了准确的分析，认为战争不可避免，生灵将受涂炭。他不认为希特勒政权会在短期内倒台，因而需全力投入与纳粹的斗争，不做任何形式的妥协。流亡生活虽然艰辛，但罗特笔耕不辍。一方面，他写出犀利的文章鞭挞纳粹当局，指出什么是恶；另一方面，又在文学作品中塑造一个理想世界，告诉人们什么是善。在后一点上，罗特与左翼作家也有根本的分歧。因为他所塑造的“哈布斯堡神话”，在左翼人士眼中恰是封建残余势力的堡垒。

在与德国纳粹的斗争中，罗特的思路和做法的确与众不同。他认为只有恢复已经崩溃了的奥匈帝国，才能真正从根本上与纳粹抗衡。因为纳粹政权是建立在民族主义和种族主义的基础之上的，是独裁与暴政，而奥匈帝国的传统恰恰相反，它的基础是多民族共生，具有宽容和包容性，这正好与纳粹德国的理论针锋相对。此论一出，复辟的帽子随之而来，保守落后的标签更是躲不掉的。这种观点在今天看来简直不可思议，但在当时却有其合理性。罗特以“秋风宝剑孤臣泪”的决绝与担当，不停歇地在文学创作中营造出了乌托邦式的“哈布斯堡神话”。

重建帝国梦破碎：在失望中酗酒去世

罗特作为没落帝国的歌者，给没落的哈布斯堡王朝献上一曲挽歌，这对本身在困苦中挣扎的流亡作家而言已显得不合时宜。而罗特并未就此止步，他还想把神话变成现实，试图恢复哈布斯堡王朝的统治。早在 1933 年，罗特就在给茨威格的信中透露了自己的打算，而且还试图通过当时奥地利共和国的总理多尔富斯（Engelbert Dollfuss）恢复帝国，但对方对此并不感兴趣。后来，他还曾潜回维也纳，联系同志，希望重建帝国，恢复哈布斯堡王朝，以此来与纳粹抗衡。这种不切实际的想法，随着 1938 年纳粹德国吞并奥地利而幻灭。甚至在奥地利被纳粹德国吞并一年后的 1939 年初，罗特还试图从奥地利流亡者中招募士兵组建军队，通过恢复哈布斯堡王朝来改变历史的进程。后来，哈布斯堡家族的继承人奥托·哈布斯堡也曾在回忆中赞扬罗特为此投入的精力和做出的努力。

然而，神话在现实里终究难寻容身之地，罗特最终还是落得个“输却玉尘三万斛，天公不语对枯棋”的结果。二十世纪三十年代的纳粹政权如日中天。先在萨尔区通过公民投票赞成归属德国，旋即德国宣布重新武装，并单方面取消了《凡尔赛条约》的限制。同时，纳粹政府还与法国、波兰等邻国签订了一系列和平条约。希特勒不但巩固了政权，而且骗取了德国国内大众的好感。今天的读者可以设想，当罗特落笔写下《皇帝的胸像》和《先王冢》时，面对那个吞并了原先哈布斯堡王朝疆域的纳粹德国的所谓文治武功该是何等绝望。希望与绝望像对孪生兄弟，在罗特作品中交替出现，而现实中的作家也经历着二者的此起彼伏。但在希望与绝望的交替中，尤其是在绝望取代希望时，受伤最深的莫过于作家自己。就像《先王冢》中的主人公最后所说："现在，我应该去哪儿，我，一个特罗塔？……"在希望中创作，在绝望中酗酒，罗特最终毁了自己的健康，于1939年在流亡地法国首都巴黎去世。

罗特笔下的"哈布斯堡神话"与历史上的哈布斯堡王朝出入颇大。前者取材于历史，但又不恪守史实，于是才会有读者眼前政治清明、人民和睦、疆域广大的理想社会。其实，神话与现实在罗特的生活中从来都纠缠不清。就连自己的身世，罗特在不同时期对不同的人也有着不同的讲述。有时他说自己是波兰贵族与犹太人的私生子，有时又称自己一战时曾当过俄国人的俘虏。时至今日，在有关罗特的生平介绍中，依然可以读到类似的"神话"。

同样，罗特的文学世界也被世人按照不同需求和取向进行解读。尤其在流亡时期，不同意识形态的阵营都将他视为知己和同志，以至于1939年罗特死后的葬礼上出现了混乱的一幕：天主教牧师、犹太教经师、哈布斯堡王朝继承人奥托的代表、左翼人士、复辟分子都出现在了他的葬礼上并致辞，歌颂他为各自阵营所做出的杰出贡献。造化弄人，"哈布斯堡神话"中的共存现象居然以这种形式在罗特身上得以印证。

当二十世纪发生的一切成为历史后，我们重读罗特，能对那个时代、那场战争造成的灾难有更深刻的认识。他的作品不仅能帮助对此感兴趣的读者更好地理解人文精神和人文传统所载有的价值与意义，也能引领读者从另一个角度去了解奥地利的历史和文化传承。

引　子

1927 年的新年前夜，我与几个朋友、熟人围坐在大莫斯科酒店的 9 号房间里。对在场的一些人而言，这样私下庆祝新年是唯一可行的方式。大家本可以公开地去表现欢庆的情绪，但现在只得小心谨慎、畏首畏尾。他们既无法加入外国人，也无法融入本地人；尽管这些人当中，有些曾为了信念经常或长期地充当观察者，但他们仍然有权不去成为被观察的对象。

房间里飘浮着俄国小说中熟悉的香烟气，我不时去打开一叶窗扉——客人们不允许把整扇窗户完全打开，一会儿又打开通往走廊的门。音乐声、人声、脚步声和玻璃杯碰撞的声音都从门里涌了进来。

“你们知道吗？”格罗茨基说。他是一位乌克兰裔的波兰人，曾为契卡在东京工作多年，与我十分亲近。当他接到任务，撰写关于我的报道时，我立即告诉他，我还记得他在日本的工作。“你们知道，”格罗茨基问，“三年前是谁住在这个房间，9 号房间？”他品尝了几秒钟的沉默。同很多在情报机构工作的人一样，格罗茨基不仅乐于知道，而且乐于比别人提早知道。“是卡尔干。”一段时间后格罗茨基说。“是他啊！”另一位记者 B. 叫起来——B. 因其保守思想而知名。“为何如此不屑？”格罗茨基问。“因为，我们或许在这 9 号房间内留宿过不少和他一样的人。”B. 把目光投向我。

其他人也参与到这场对话中来。几乎每个人都表示认识卡尔干，几乎每个人都或多或少地对他有些负面评价。大家都知道，保守派理论如何称呼由知识分子转变而来的革命者，所以我也不再去赘述每个人的原话了。“无政府主义者。”一人大声说。“多愁善感的反抗者。”另一人说。“知识分子中的个人主义者。”第三人说。

当时，我可能高估了为卡尔干申辩的机会。尽管他那个时间应该在巴黎，但我却莫名地觉得他是我的客人，有义务保护他。或许正是格罗茨基说卡尔干多年前曾在我的房间里居住过，才促使我为他辩护了许久。但这其实并非一段讲话，而是一个故事，一次书写传记的尝试。所有在场的人之中，除了格罗茨基——他因为工作的关系必须认识所有的人，我最了解这位被批判的人。在格罗茨基的协助下，我开始讲述，那天夜里，我们两个人都没讲完。第二天晚上，第三天晚上，我还在讲。到了第三天，听众们大都消失了，只剩下两个人。因为只有这两人没有职位，所以也不害怕听到真相。

因此我认为，有必要让这个故事得到更为广泛的反响，要超越我的声音。我决定把我要说的写下来。卡尔干的一生按照当时所讲述的顺序书写。听众们的插话，他们的活动、玩笑和问题都被略去了。此外，还有一些事或特征会导致人们将卡尔干类别化，或者会助长读者本能地在故事中辨识某一历史中真实存在人物，所以，这些也都特意隐去了。卡尔干的人生故事同其他任何故事一样，都有现实倾向。但它并非某一政治观点的例证，最多不过证实了那个古老而永恒的真相——单枪匹马必然失败。

弗里德里希·卡尔干是否注定渐渐被遗忘?

几周前，据说是卡尔干的一些朋友几经辗转从他那里得到了确切消息，他应该已经决定，不会再自愿探寻这个世界中被文明化的那部分。他可能会陷入空茫的孤独之中，像寂静而迷茫的夜里一颗陨落的星辰，无人觉察也毫无痕迹。他的人生结局不为人知晓，正如他人生的开端，当下也鲜为人知一般。

第一卷

一

弗里德里希出生于敖德萨的外公家，外公姓卡尔干，是一位富有的茶叶商人。弗里德里希是个不受欢迎的私生子，父亲是一位奥地利的钢琴教师，姓齐默尔。富有的茶叶商拒绝将自己的女儿下嫁，这位钢琴教师便在俄国消失了。在得知女儿怀有身孕之后，老卡尔干曾派人寻找齐默尔的踪迹，却毫无结果。

半年后，老卡尔干把女儿和刚出生的婴儿送到了的里雅斯特同样是富商的哥哥家，弗里德里希在这里度过了他的童年。尽管身处优渥的家庭，但弗里德里希的童年并不幸福。

母亲英年早逝之后——死于何种疾病不得而知，弗里德里希只能住在仆人的房间，只有在节庆日或者其他特殊场合才被允许同家里的孩子同桌共餐。但他更喜欢与仆人们在一起，从他们那里，弗里德里希学到了关爱，也学到了对统治者的怀疑。

在公立学校里，弗里德里希证实自己比寄养家庭的其他孩子都更有天赋，所以，这位伯外祖父便不让他上学，而是去航运公司做了学徒。在这里，弗里德里希有希望在几年后成为一名能干的职员，每个月赚到 120 克朗的薪水。

那个时候，有许多逃兵、流亡者和遭到迫害的犹太人正从俄国边境逃往奥地利，而且数量持续增加。为此，航运公司开始在帝国的边境城市设立代理，以捉捕偷渡者并将他们送往巴西、加拿大和美国。

这些代理得到了国家机关的认可。显然，政府希望尽可能快地将这些贫穷、失业而又危险的难民赶出奥地利。但也有一些意见认为，应该给俄国逃兵船票和推荐信，将他们送往海外。这样一来，在俄国就能有更多的人想逃离军队。官员们很可能得到了示意，不去监管这些边境代理。

但为这些边境代理寻找可靠的职员并不容易，年长的不愿离开家乡、房产和亲人。此外，他们也不了解边境地区的语言和风土人情。毕竟，大家都害怕去做这份有危险的工作。

弗里德里希的办公室里，大家都觉得他勤奋而有天赋，精通多国语言，其中就包括俄语。这个男孩总是深思熟虑的样子，但人们不知道，在他的沉静和彬彬有礼之下掩藏着一份聪慧而沉默的高傲。他寡言的孤傲被当成是谦逊。但他其实憎恨自己的上级、老师、收养他的舅公和任何形式的权威。他胆小，不喜欢与同龄人玩体力上的游戏，他不打别人，也不挨打，总是躲避所有危险，恐惧也总是胜于好奇。他准备着报复这个世界，因为这个世界对待他像二等公民。他不能像同龄人和表兄弟们一样去读高中，这一点伤害了他的雄心抱负。但他仍打算着去完成学业，读大学，成为高官政客，或者外交官，无论如何都要做个有权势的人。

当有人建议他去边境，他立即就同意了，希望能借此转运，打破循规蹈矩的人生轨迹，因为这正是他最害怕的。初次远行，他谨小慎微，也精明机灵，善于伪装，这些能力是他与生俱来的。

在他登上那辆开往东方的火车前，弗里德里希用渴望而又谴责的目光看着这辆国际列车一节咖啡色的卧铺车厢，它将从的里雅斯特开往巴黎。

我将是这辆列车的一名乘客，弗里德里希想。

二

48 小时后，他到达了边境小城，这里由帕尔特哈格纳一家掌管航运公司来代理。老帕尔特哈格纳 40 年来还经营着一家旅馆，脚镣球旅馆。一条宽广的街道从边境通往小城，旅馆就是街上的第一座房子。难民和逃兵投宿在这家旅馆，都见识了老帕尔特哈格纳纯粹而安静的爽朗。他胡子银白，似乎也证实了大自然盲目的意图：所有无视其罪孽与功绩的人，都终究身着高贵的白色。老帕尔特哈格纳眼神不好，畏光，戴着一副蓝色的眼镜。这副眼镜加深了他面容的沉静，令人想起明亮的房子前挂着的深色窗帘。流亡者们立即就建立起了对这位老人的信任，把携带财产的很大一部分交给他。

帕尔特哈格纳家的三个儿子头戴海军帽，手臂上是海蓝色的袖章，也由此多了官方和海员的气质。他们给入境者分发带插图的广告，上面可以看到碧绿的草地上游荡着带斑点的奶牛，房舍升起炊烟，还有一望无际的烟叶田和稻田。画中洋溢着沉沉的平静。难民们开始思慕南美洲的土地，而帕尔特哈格纳家则出售船票。

但并非所有的入境者都有必要的证件，这样他们到达外国时便会遭到拒绝，只得逗留在人满为患的棚屋里，遭受一次次的消毒，踏上在各个国家的监狱间辗转的漫长旅程。但谁若是愿意付钱，边境上也有制作证件的作坊。那些有钱而谨慎的人能从一个叫卡普杜拉克的男人那里搞到假证件。

谁是卡普杜拉克？一个矮个子男人，面色青灰，骨架干瘦，动作灵活，职业是澡堂老板和讼棍，但也是出名的走私犯，和边境官员相熟。他走私商品不过是偷渡人口的幌子。卡普杜拉克在国内许多监狱中都服刑过，这些不过是他自愿对法律的妥协。每年春天，卡普杜拉克都像候鸟一样出现在边境线上。他从国内的某座监狱中来。冰雪融化。朦胧的夜里，雨下得温暖而芬芳。边境线沉睡着。人们可以悄无声息地越过去。

二月、三月和四月，卡普杜拉克都在工作。五月，他光天化日之下带着一包未缴税的商品坐上火车，海关检查时装作要偷渡，遭到逮捕。有时他也会给自己放个假，前往卡尔斯巴德去疗养胃病。

卡普杜拉克同帕尔特哈格纳一家合作。早晨，日出后一小时，卡普杜拉克把受他保护的人带到脚镣球旅馆，这些人预付三天的食宿费用。随后，帕尔特哈格纳家的某一个儿子便拿着广告出现了。

但时不时必须有人在偷渡前夜过境一次，做个所谓的“随机测试”。因为有时，卡普杜拉克也会带他的难民们经过其他城市，去其他帕尔特哈格纳家，到其他旅店，用其他公司的船舶。这样人们只能在俄国境内所谓的“边境酒馆”去偶遇他。

弗里德里希就在 1908 年 3 月一个天气晴好的日子来到帕尔特哈格纳家。屋檐上的冰凌规律而快乐地滴着水。天空是淡蓝色的。老帕尔特哈格纳坐在旅馆的门前。公路两侧的雪堆上蒙着一层深灰色肮脏的冰。冬天开始腐烂。

弗里德里希还很年轻，年轻得会去留意自然界所有的变化，而且将这些与自己的经历联系起来。他畅饮着那天特别的光亮，光是强烈的，同样强烈的还有温暖而清新的西南风，以及歪斜门下的暗色和老人银色的威严。

“下周他就可以接‘一批人’了。”老人对几个儿子说。他们正戴着亮白的海军帽站在敞开的窗户边。

“请进！”之后对弗里德里希说，“您喝些什么吧！”从现在开始，弗里德里希便留在了脚镣球旅店。

三

一周后，弗里德里希被派去那家“边境酒馆”接“一批人”。火车夜里十一点抵达，但过境要等到凌晨三点。四个逃难人并排两两睡在地上，头枕着包裹。吧台后面坐着又聋又哑的店主，为了替代耳朵的听觉，眼睛睁得很大。但现在什么也听不到。卡普杜拉克在一张沙发椅里打盹儿。靠在门口的人是萨维里，一名高加索人，干瘦而且满脸煞气。他不想坐下，因为怕睡着，他不相信卡普杜拉克。政府大约已经在高价悬赏捉拿萨维里。谁知道卡普杜拉克是否有意要把他交出去。

除了弗里德里希，没有人会享受这一夜的冒险氛围。因为那些多年从事偷渡的人早已对此习以为常了。那些逃难的人现在也已疲惫不堪，多年后，在遥远的国度，他们才会想起这介于死亡和自由之间的阴森恐怖，想起这被黑夜包围的地方。只有这一家酒馆亮着灯，像是巨大的昏暗里有一颗光亮的核。只有弗里德里希细听着时钟缓慢而规律的嘀嗒声，时钟数着自己的秒数，时间好似罕见的贵金属在一滴滴掉落。弗里德里希一人看着煤油灯上迟钝的大苍蝇，灯芯的火苗调得很是微小，宽大的灯罩是棕色厚纸板做的，遮暗了整个房间的上半部。也只有他一个人察觉到了远方火车头的汽笛，那声音在黑夜里甚是可怕，像有人在呼喊求救。

凌晨两点又响起一声汽笛，但却是断裂的，而且胆怯地压低了声响。卡普杜拉克一听到，就跳起来叫醒睡着的人。每个人都背起包裹，走了出去。夜混沌而潮湿，地上也是湿漉漉的。每个人的脚步声都听得见。他们穿过一片树林。卡普杜拉克停下来。“趴下！”他小声说，所有人都轻轻趴在地上。一根树枝断了。

一段时间之后，卡普杜拉克又跳了起来，开始奔跑。“跟上我！”他喊道。所有人跟着他跳过一道沟。大家一直跑到了树林的边缘，忽听身后一声枪响，带着漫长的回声。

他们已经到了边境线外。这些男人走得很慢，沉默而沉重。每个人的呼吸都听得见。弗里德里希看不见他们，但能清楚地记得他们的脸，朴素的农民的脸，短鼻头，窄窄额头下的眼睛，身体和四肢都很宽厚。

弗里德里希爱他们，能感受到他们的不幸。他想到这个广袤国家无尽的边境线。这个夜晚，千万人在逃离，他们从不幸逃往不幸。这寂静的无尽长夜挤满了这些逃亡的人，他们的脸麻木可悲，身躯粗厚，四肢沉重。

东方开始泛白。好似一声令下，所有人都停下来站住，转向他们来的方向。这已经走出的黑夜犹如曾是他们的家乡一般，而清晨则是边境。他们站着不动，告别家乡、房舍、动物、母亲，告别这百顷土地，告别那一道田埂，告别某一口钟的鸣响。他们站在那里，举动好像是按照某一种风俗。突然，萨维里用坚定清澈的嗓音唱起一首士兵之歌，所有人都加入一起唱。到帕尔特哈格纳家的旅店还有足足一个小时。

四

“这应该是首颂歌。”卡普杜拉克挺大声地对弗里德里希说。尽管所有人都在唱，萨维里听到也回答说：“我们两人之中，您，卡普杜拉克，才应该唱颂歌。您没有把我交出去，这您要感谢神。我本来要杀了您。”

“我知道，”卡普杜拉克说，“我不是第一个，也不是最后一个。您真的杀了卡拉施维力吗？”

“我当时在场。”萨维里回答。他的话令人捉摸不透。但萨维里看起来却不像要隐瞒什么事情。

“我是看着他死去的，”他继续说，“我从未想过，除了他的政治生命之外，他也有自己的人生。即便并非如此，他也不会平静度日。我不相信背叛者会有安宁。”

“您一定恨他了？”弗里德里希大胆地问。

“不！”萨维里答道，“我没有感觉到仇恨。我认为，人只有在经历过个人恩怨时才会去恨。但我无法去经历这些。我是一个工具。我的头脑、手和情感都被人利用。我的生命不属于我。我也不再属于我。如果我要去恨他，那么我就逾越了一个工具所应有的权利。我如果去爱也是如此。”

“但您还是爱的？”

“什么？”

“我的意思是，”弗里德里希说得很慢，因为他耻于使用那样大的字眼，“那个理想，革命。”

“八年来我一直为之工作，”萨维里轻声说，“但仍无法切实地说出，我是否爱它。我能爱这种比自己要伟大得多的事情吗？

“我不了解，信徒们是如何去爱神明的！我想象中的爱，是一种力量，它能抓住和守住所爱之物。

“不！我不认为我爱革命——在这个意义上。”

“神能够爱人。”卡普杜拉克坚定地解释。

“信徒或许能看到他，”萨维里说，“或许我必须得看到革命……”

“如果您离开，”卡普杜拉克说，“那谁去进行革命呢？”

“谁去革命？”萨维里喊道，“革命会到来，您的子孙会看到它。”

“神保佑我的孩子！”卡普杜拉克说。

弗里德里希知道萨维里是谁。他就是报纸新闻报道中的托梅什金。高加索和俄国南部一些袭击银行和运钞车的知名案件都是出自他之手，警察已经通缉他多年了，但一直未果。

“他本来能，”卡普杜拉克说，“一直留在这里。他对警察根本不以为意。但国外现在需要他。”萨维里在旅店待了几天。“您和帕尔特哈格纳家是亲戚吗？”他问弗里德里希。当弗里德里希否认时，他问：“那你和这些无赖有什么瓜葛？”

“我要攒钱，去上学。”弗里德里希说，“我很快就去维也纳了。”

“那你有空可以来找我！”萨维里说，然后给了他自己在维也纳、苏黎世和伦敦的地址。

一时间，弗里德里希对这个人心生一种感激之情，这如同医生带着保护和善意宣布无聊的疾病进程时，病人对医生的感激。萨维里陌生、冰冷而阴暗。可恨的是，弗里德里希是那牺牲品，而且是无名的牺牲，自愿冒死在这个高加索人身边。

在年轻的弗里德里希面前，生命无限地展开，它充满了不可计数的岁月和冒险。当他说出“世界”这个词时，他看到欢乐、女人、名誉和财富。

他把萨维里送到火车上。在萨维里站在踏板上的短暂的一瞬，弗里德里希感到这个陌生人夺走了他的青春、他的生命和他的未来。他想把地址还给萨维里，然后说：我不会去找你。但这时，萨维里向他伸出手。他握住了萨维里的手。萨维里微笑着，关上了车厢的门。弗里德里希还等着。但萨维里没有再走到窗边。

五

弗里德里希学会了怎么撒谎，怎么制作假证件，怎么利用官员的无能、愚蠢，甚至是他们的残忍。而在他这个年龄，其他人还正逃避着对课本和成绩单的恐惧。弗里德里希却已经知道，这个世界上不存在无法贿赂的人，用钱能实现一切，而用理智能实现几乎一切。他开始攒钱，空闲时间就准备中学毕业考试。为了这个目的，他还结识了一位法律专业的大学生。此人由于某种原因退了学，当时正在做一位律师的文书，说自己正在等待更有利的时机，自称是“自由的革命者”，而且还信奉着法国大革命的理念。他还为 1848 年革命失败而惋惜，说起巴黎那段伟大的日子，说起断头台、梅特涅和拉图尔部长[1]，就好像这些还是不久前鲜活的事。他想做政客，或者反对党议员。他已经具备了一个议员强烈、活跃、辛辣的攻伐欲，会令这个古老政权中那些温良的部长不知所措。但当下，他的政治活动仅限于参加每周两次在鞋匠查耶金那里举行的集会。

有一些俄国流亡者受贫穷所困，无法离开边境城市，查耶金是其中之一。虽然他赚的钱几乎不够一杯茶、一块面包和一根萝卜，但他支持那些穿越边境的革命者。每个月，他都期待世界革命的到来。他幻想着能为之做出伟大的贡献，日积月累之下，他成了一个秘密小组的首领，周围聚集着许多反抗者和对现实不满的人。他们之中有一些人生活在这座城市，在这资本主义世界的边缘，法律的作用虽然被削弱和玷污，但经济和市民习俗的无字法律却畅行其间。这里远离欧洲中心，笼罩在独特的地方色彩之中，充满了荒诞的动荡不安。语言混乱，半乡村化之中渗透出父权制企业腐朽的光，小手工业者和为数不多的工人都被压低了工资，穷人仍旧奴性未脱，与残疾的乞丐一起，衣不蔽体地睡在小胡同里。本地人对外来人表现出憎恨，对每个新到来的穷人——每周都要来这么几个——都报以敌意，正如他们自己当初曾感受过的一样。甚至是那些靠施舍

① 奥地利将领，曾担任战争部长。——译者注

为生的乞丐，也害怕竞争者，比如那些小店的商人。卫戍部队的军官则散发出金属的光辉，让许多小市民家庭的姑娘错付终身。议员选举之时，士兵和警察便会拥进城中散布恐慌，而这里的市民同他们在欧洲大城市的兄弟们一样卑躬屈膝。

反抗者们聚集在查耶金周围。为了与理论相符合，他把几个地方的看守叫作“资本主义的傀儡”，把不支付学徒工资的商人称作“剥削者和资本家”，地方议员是“社会受益者”，学徒们是“苦力”,120 名底层工人是“无产阶级群众”。他组织讨论，讲解大小纲领，筹备各种缘由的游行。但与此相比，被捕才能让他感到最为圆满。但从没有人认为他是危险人物。

弗里德里希也定期参加查耶金的集会。他是出于好奇，毫无功利心。在讨论中，他学会了不顾一切地做到义理通达，继续培养着自己巧舌如簧的强大天赋。他喜欢自己开始说话时便立即出现的安静，这样，他话声未落便能听到自己的声音。他成日里都在准备如何回应那些可能出现的异议。他学会了假装口若悬河，学会了说出那些在小册子里看到的陌生句子，就好像它们是自己的观点。他享受胜利，但也很爱那些听他讲话的穷人，爱那条他要为这个世界点燃的红色纽带。

世界！这是怎样一个词！弗里德里希用年轻的双耳去聆听，它流淌出美，也暗藏着巨大的不公。每周有两次，他都认为必须要摧毁它，而另外的几天里，他都准备着去征服它。

为了实现这个目标，他学习十分刻苦，他的朋友——那位大学生——有一天对他说：

“我觉得，你两个月后就可以启程。争取在秋天安顿下来。”

弗里德里希数了数自己攒的钱。钱还够半年。

他去找卡普杜拉克拿证件。单单在资本主义世界的官员前，拿着非法证件出现，这已经令他甚是满意了。他没有父亲，也没有家乡，出生也没有登记过。他觉得这是一种迹象。在卡普杜拉克那里，他被问道：

“用什么名字？”

“弗里德里希·齐默尔。”

“为什么是齐默尔？”

“这是我生父的姓。”

“俄国人还是奥地利人？”

“奥地利人。”

“好的，”卡普杜拉克说，“年轻小伙子不应该留在我们村子里。去闯世界吧，学法律，这个最实用。你将可以管辖一方。”

那是七月的一天，弗里德里希告别离去。太阳压着小屋低矮的房顶，房舍之间有路通往火车站，烟囱里冒出的烟气吹到了房门前。木质的人行道沿着道路两侧延伸，路中间是孩子和妇女的嘈杂声，此外还有安静的家禽和好斗的狗。所有一切都充满了一种夏天浓厚的力量，烟囱的烟气被干草和云杉林遥远的香气笼罩着，而这片云杉林正位于火车站后面。

弗里德里希果断克服了这种感伤之情的侵袭。他畏惧这种忧郁，而畏惧令他表面看起来坚定无比，很多年轻人都错误地以这种坚定为傲，认为这就是男子气概。他夸大了这一刻的重要性。他早已在书中读到过太多的离别。但是，当火车的轮子开始滚动时，他忘记了这个正在离开的城市，想到的只有正飞驰而去的世界。

六

八月的一个晴日，中午时分，弗里德里希从维也纳一所高级文科中学的棕色大门里走出，口袋里装着成绩单。在平静和炎热之中，他缓慢地走回家。街道空空的，街上只有影子、太阳和石头。

他遇到一辆车。橡胶车轮无声地碾过路面，如同在平滑的桌面一般，只能听到欢快而高贵的马蹄声。车里坐着一位年轻女子，手里撑着一把时髦的太阳伞。从弗里德里希身边经过的时候，女子有足够的时间用轻蔑的傲慢缓慢地打量他，如同看一棵树、一匹马或者一根路灯杆。他从她的眼睛里滑过，如同镜子一般。

弗里德里希想，她不知我是谁。我的西装很劣质，破旧得发白，口袋太深，裤子太宽。这衣服就像二月里的太阳，只能骗骗人，怪不得帕尔特哈格纳家的小儿子会低价卖给我。我戴着沉重的草帽，像密实的铁丝网压着，但看起来却带有欢快的夏日气息。美丽的姑娘们走过时都冷漠地看着我。

这时有一位美丽的姑娘，她鼻子纤细，鼻翼也窄窄的，两颊栗色，嘴唇很薄，但有点太平了。她的脖子也很纤细，或许也是栗色的，藏在连衣裙扣起的领子里看不清楚。灰紫色的鞋子里，脚像一只落在红色天鹅绒垫子上的小鸟。太阳光笼罩着她和她奶油色的衣裙，正和她手里那把太阳伞俏皮地戏耍。伞像是一方小小的穹顶，展开在自己的一方天地之上。

马车夫身着灰色制服，拉紧了缰绳，小臂与下面的膝盖平行。马几乎是黑金色，油亮油亮的，庄重而喜悦。剪短的尾巴露出一种卖弄风情的韵味，马尾巴按照自己的规律有节奏地上下摆动，让行人们摸不着头脑。

遇到一位美丽的姑娘就好像第一次见到一个敌人。弗里德里希检查着自己的地位，盘算着自己的实力，综合考量，看自己敢不敢与之一战。他刚刚越过一个障碍，通过了那个可笑的考试之后，现在有能力进入社会，而且能够成为任何人：人类的保卫者，同时也是压迫者，一位将军或者一名部长，一名红衣主教，一名政治家或者护民官。除了身上的西装之外，没有什么能够阻挡他去成为让这姑娘感到高不可攀的人，让她与像她一样的女子都崇拜爱慕，而且对她们还不屑一顾。当然，对她们不屑一顾。

对于一个孤独而贫穷的人，这是怎样一条路啊！对他这样一个没有名字和证件的人！所有其他人都根源于某个家庭，都是固定的，就像是墙上的一块块砖。他们都确切地知道，自己的没落等同于家里其他人的没落。巷子都很安静，充满了祥和的阳光。窗户也是关闭的。百叶窗也放了下来。那些绿色和黄色的窗帘之后只有幸福和爱。

儿子敬重父亲，母亲理解孩子，妻子心系丈夫，兄弟相互拥抱。

弗里德里希走进这里之后，便无法离开这片安静、富足、幸福的地方。他七拐八绕地走着，好像突然便会发生什么奇迹，他不必穿过那些嘈杂肮脏的街道就可以站在自己家门前，走进自己的寓所。一片房顶之后是工厂的烟囱。人们都睡在这样密集的鸽子笼里，无法保持平衡，看起来像喝醉了。贫穷的速度快得惊人，无声但又依稀制造出噪声。

他住在一个裁缝家，这是一间阴暗的小房间。窗子是毛玻璃的，通向走廊。走廊白天不能进，因而也看不到隔壁房间。房东屋子里传出缝纫机的声音，床边是熨衣板，门上靠着一个试衣服的人偶，厨房里有人正为顾客量身，女人面向灶台，脸烤得发红，正在呵斥四个玩耍的孩子。

弗里德里希想，我先去饭馆，等这家人吃完饭之后再回家，那时候就只剩洗碗了。

他走进一家小饭馆。一个男人坐到了他的桌边。这个人非常高，而且瘦，耳朵像是黄纸糊的，脑袋像蝙蝠。

“您是不是我的邻居？”这个男人说，“您是不是住在36号？”

“是的。”

“我一周前就见过您。您总在这里吃饭吗？”

“有时候会。”

“您是个大学生吧？”

“还不是，我还没有注册。”

“您学的是什么？如果我能问的话。”

“还不知道。”

“我是地址誊录员，”男人说，“我姓格林霍特，也读过大学。但后来命运不济。”他好像想说：您也逃脱不了这样的命运。

“那您现在还好吧？”弗里德里希说。

“生活就是誊写地址。每个信封三赫勒。一天一百赫勒，有时能有两百。我可以帮您介绍这样的工作。我很乐意。随时可以。您写字清晰吗？明天来吧！”

两人来到一家亚麻布商人的仓库。簿记员给了他们一张名录和一百五十个信封。

“您晚上在哪里吃饭？”格林霍特问，“您和我一起吧。”

他们便一起在地下室吃饭。汤是各种香肠的边角料做成的。长桌子。勺子快速地飞舞着，发出叮叮当当的声音。餐具是金属的。还有咂嘴的声音，勺子刮盘子的声音，还有喉头吞咽的声音。

“汤好喝！”格林霍特说，“还有咖啡，我一会儿带您去，咱们拿到外面喝。这些您很快就不需要了，就要到大学食堂吃了。我也在那里吃过饭。”

“谢谢您！”

“不客气！不用谢！当我从监狱里出来的时候，完全孤身一人。妻子离婚了。兄弟也疏远我，不认我。除了塔尔卡太太，没有人认识我。她弟弟和我在一个监狱，就介绍了我。即使在我们这个圈子里，关系也是最重要的。您认识塔尔卡太太吗？她是产婆，就住在您那个裁缝房东的楼上。我的房间在她房间楼上。我观察过。您或许不相信都有谁去塔尔卡太太那里。比如昨天，我就看见 D. 博士的女儿。六个月之前她还是个得体的好姑娘。还有那些小伙子！检察官和将军的儿子们！他们带来的都是那些不小心的年轻姑娘。我当年在第六私立学校，就是弗洛里安街的女子中学，教地理和历史。我解开了一个女学生胸前的衣服。有钱人家的孩子。要是工人家的孩子就不会说什么了。但是有钱人的圈子不同。我还认识一个律师，他强暴了自己的被监护人。还有一个中尉，和自己的勤务兵睡觉。我要是个小人的话，就给他们写封匿名信。但我不是。您是什么政治立场？当然是左派。什么？我没有立场。但我觉得，革命对我们有好处。一场快速的小规模革命。比如说三天的。”

七

那段时间，在我和弗里德里希之间形成了一种特殊的关系。我想那是信任而非友情，是同志情谊而非个人情感。甚至后来将我们二人联系在一起的好感，当时也不存在。这种好感出于我们给予对方的关心，也出于两人相互的怀疑。最终，我们开始相互尊重。在彼此的眼神中，信任在缓慢地增长。与对方在一起时，我们不自觉地会交换眼神。增进信任的还有我们促膝而坐或者漫步游荡时的沉默，相比之下，语言交流的作用则小许多。如若我们的生命没有走上如此不同的轨迹，弗里德里希或许已经是我的朋友了，就像弗兰茨·佟达一样。

很久之后，弗里德里希才觉得要去拜访当时还住在维也纳的萨维里。他害怕，觉得自己目前还能做出选择，一边是所谓的“革命者的苦行”，另一边是“世界”，一个模糊的浪漫概念，乐趣、斗争和胜利都包含其中。他已经开始憎恨这个世界的体制，但依然还相信它。

大学里漂亮的弧形斜坡对他而言一直与国家社团的围墙不同，后者每两周就会有犹太人或者捷克人被从上面推下来，这更像是通往“知识和权力”的阶梯。对于书籍，他有着一种自学者的敬畏。当他翻看书籍目录，站在书店的橱窗前，坐在图书馆蒙着薄薄一层灰尘的安静的屋子里，看着高大宽厚的书架里无数本书深绿色的书脊，还有长桌上整齐排列的绿色灯罩，这种静心凝神令图书馆里读书的人犹如教堂里虔诚的祈祷者。这时他感到害怕，害怕自己不知道“最重要的”是什么，害怕一生太短，没有时间去体验。他快速地阅读和学习，毫无体系，仅仅根据各种兴趣，或者被某个书名吸引，或者由于记得曾在哪里听到过这个书名。他写了很多本满满的笔记，把认为有“根本意义”的观点记录下来。要是缺少了一句话，或是一个日期、名字，他就懊恼万分。所有必须的和多余的讲座他都去听。人们总能在讲堂里看见他，总是坐在最后一排，那里通常也是最高的一排，从那里能看到所有听众低下的头，翻开的白花花的笔记本，细小而模糊的速记稿。在如此遥远的距离之下，教授也失去了其个体化的人性，不过是智慧的传播体。

但弗里德里希还是孤独的。他周围都是些满是稚气的脸，只有通过一些小细节才能做出社会等级的区分。富有的人指甲都修过，带着领带夹，西装剪裁精良，周遭都是浑浑噩噩的轻松，对其他一概充耳不闻。

只有在几个犹太学生的眼中，还闪烁着聪慧的、机敏的，抑或是蠢笨的悲伤。但那是血脉的、民族的悲伤，传承给了这些个体，也毫无悬念地被这些人继承。同样，其他人的那种轻松也是继承来的。只有群体之间才有区别，通过关系、颜色和观念。他们都在为军营生活做准备，每个人都开始配枪，这被称为“典范”。

当时，我们有一个共同的熟人叫莱奥波德·舍勒尔。值得一提的是，这是弗里德里希唯一来往的同学。此人从不掩饰，说的总是大实话，但那只是他知道的事实，同时也能忍受所有对他的指责，觉得那些都是对事不对人。但若有人在礼堂里用眼神或者有意无意的碰撞羞辱了他，那自然也不是他个人或者所在社团的光荣。弗里德里希无聊的时候会去找舍勒尔，舍勒尔好像根本都不知道什么是无聊，他一直在塑造自己的世界观。

有一次，舍勒尔突然惊喜地告诉弗里德里希，自己订婚了。他立刻把手伸向裤兜，那里通常装着手枪，套在一个皮套子里。但这次舍勒尔拿出一个钱包，又从钱包里拿出一张照片。他发觉弗里德里希有些讶异，便解释道："我未婚妻把手枪拿走了。她不允许。"

照片上是一个年轻漂亮的姑娘，约莫十八岁，黑色眼睛和头发。"根本不是金发！"弗里德里希说。

"她是意大利人。"舍勒尔淡淡地说，好像自己也不是日耳曼人。"但是，"弗里德里希坚持说，"您怎么认识一个意大利人的？"

"爱情来了没有什么能够阻挡，"舍勒尔开始讲，"这是这个世界上最强大的力量。还有，我将会把她变成一个德国人。"

"您认识这位女士多久了？"

"前天认识的，"舍勒尔喜形于色，"我在人民公园里和她攀谈了起来。"

"就已经订婚了吗？"

"我别无选择，非此即彼。"

"那您的社团呢？"

"我退出了。因为那不适合她。昨天我们订了婚。今天我写信向她父亲求亲了，他是米兰的银行职员。我未婚妻现在住在亲戚家。两个月之后我们结婚。您觉得怎么样？"

"非常好！"

"难道不是吗？她很美丽！她无与伦比！"舍勒尔先在照片上盖了小块薄纸，然后又把它放进了原本装手枪的口袋里。

尽管在弗里德里希看来，舍勒尔的幸福不会长久，他害怕自己的朋友会失望，但在这个陷入爱恋的人身边，弗里德里希仍然感到了一种自己不曾知晓的幸福，温暖而光辉。弗里德里希沐浴着别人爱情里的光芒，就好像躺在别人的草地上晒太阳一样。舍勒尔是一个幸福得彻彻底底的人。由于理智的缺乏，无法去质疑——这种状态通常伴随爱情而出现，犹如光和影。无所顾忌地，正如他感受到幸福一样，舍勒尔也散发出幸福。这种幸福比舍勒尔自己还要强大。弗里德里希羡慕他，同时也享受着自己的孤独与悲伤。现在，他想象，如果自己能遇到那个一直在寻找的姑娘，那一生将就此有了意义和风貌。虽然舍勒尔那种在公园里找女朋友的办法他觉得很傻，但他还是去了野外。绿色不是希望的颜色，而是思念的颜色。但那时大地早已经一片秋天的黄色。随着冬天不断走近，他追寻的心也变得越来越躁动不安。

弗里德里希开始加倍努力地学习。一旦放下一本书，这本书就变得和舍勒尔一样愚蠢。有关那些重要事物的科学，好像是包裹着神秘地核的地层，而这地核永远燃烧着，直至世界末日也不得见。他学了截肢的技术、哥特语语法、教会法律，但学打包家具、拧桌子腿、拔牙也是一样。即使哲学也不过是编造出某些答案，又按照所得到的答案解释问题的意义。这就好像一个小学生，根据一个错误的答案去修改要解答的数学题题干。

不久之后，弗里德里希就很少去听课了。“不，”他说，“我还不如和格林霍特聊天。我都看透了。那些风流儒雅、侃侃而谈的教授晚上六点到八点给上流社会人家的女儿们授课，概述一下哲学、文艺复兴艺术史，关上灯放幻灯片，讲政治经济学的时候挖苦讽刺马克思主义。不，这不是我要的！而那些所谓严厉的教授，他们在早上八点一刻太阳刚升起不久便上课，是为了整日能自由地做自己的事情。而那些留胡子的讲师，都在寻找出身优渥的对象，借此和教育部官员攀上关系，最终能成为拿高薪的正式教授。而那些狡诈的考官都笑得不怀好意，得意扬扬地击败那些落榜的考生。大学是一个机构，服务的是上等市民家庭的孩子。他们之前受过统一的教育，八年中学，家庭教师补习，将来有希望做法官，或者娶一个远房表妹从而得到一家生意兴隆的律师事务所——不能是亲表妹，因为不能是血亲。还有那些大学生，相互大打出手，就为了自己是纯正的雅利安人，或者纯粹的犹太复国主义者、纯正的捷克人、纯正的塞尔维亚人。这些都不是我要的。我宁愿和格林霍特一同抄地址。”

有一次他在图书馆的目录里看到了萨维里的名字，那本书叫作《国际资本与石油工业》。他找这本书却没有找到，书被借走了。好像这是冥冥之中的暗示，他从图书馆出来便立刻去了萨维里那里。

萨维里住在贫民区的一栋灰色的出租房里，房间在五层。那天他家有三个男人，大家脱了外套就搭在自己的椅子上。天花板上垂下一根长线，电灯泡低低地吊在一张方桌的上方，因说话人的气息而来回摆动，而且因为阻挡了视线，还不断地被人推来推去。有时，好像被这恼人的灯泡激怒了而不知缘由所在，三个人中会有一个站起来，围着桌子走两圈，用寻找的目光向墙边的沙发看过去，但最终又回到原先的位置坐下。沙发上没法子直接坐人，厚书本、薄报纸、彩色的册子、宣传页，还有从图书馆借来的深绿色书册，边缘泛黄的八开本，都零零散散地放在上面。好像遵循着什么未知的规律，一摞绿色薄册子上几卷厚重的字典也不会掉下来。萨维里把椅子让给了客人们，自己将八本书摞在一起坐在上面，但还是太矮，下巴才比桌面稍高一点。

在场的几个人之中有一人宽肩膀，很壮实，汗毛浓重的大手握拳放在桌上。这人秃头，头骨很圆，眉毛细而稀疏，几乎看不到了，嘴唇多肉发红，下巴像是方形的大理石。他身穿红色的俄国短上衣，材料是有光泽的，有明显的反光，令人一看就不禁想到刽子手。这就是 P. 同志，乌克兰人，温和，脾气好，值得信赖，宽厚的身板里隐藏着出众的机敏，好似地下埋着的白银。除了他之外还有 T. 同志，面色暗黄，黑色的鬓须，下巴上也蓄着一片黑色的胡子，高鼻梁上夹着夹鼻眼镜，深色的眼睛里似乎透露出无法平息的饥饿。他对面是一张空椅子，原本是第三位同志坐的。此人是三人之中最不安的，四肢纤弱，肤色苍白，这些都令他的不安显得理所当然。

在弗里德里希进门的一刻，这第三个人正在说话，他用细细的手指敲打着黑色的窗玻璃，似乎在给黑夜传送摩斯密码。修长的脸上薄薄的胡子好像是人像画灰白色的画框，当他摘下眼镜时，眼睛明亮而坚毅。这是 R.，弗里德里希很快与之成为朋友，但现在又变成了敌人。

弗里德里希听到的话立刻透露了说话者是谁。“我会被绞死，”那个人说，然后又自我纠正道，“就是说，如果我们五年后开战的话，他们会绞死我。”

之后是一段无声的时间。萨维里起身，立刻认出了弗里德里希，示意他随便坐。弗里德里希没有找到能坐的地方，只得小心地坐在沙发上的一叠书上。

没有人注意他。P. 站起来，他高大的身影让屋子里立刻暗了下来。他站在椅背后面，说：“没有其他的可能性了，我们之中必须有一个人要去。情况危急，我们可能突然便遭遇不幸，然后联系中断，最重要的是，钱就都没了，再也追不回来。别尔泽耶夫是军官，他是不会做逃兵的。我从他那里直接得到了消息。他写到，演习期间他一直不停地颤抖。他回来的时候，莱维茨基在基辅，格尔贝尔在敖德萨，而哈尔科夫没有人。”

“您必须亲自去！”萨维里打断他。

“您要写好遗嘱。”R. 大声说。

“R. 同志还是那么惶恐。”萨维里轻声说。

“我不否认。”R. 微笑着回答，露出两排整齐的牙齿，想不到两片薄嘴唇后面还有如此洁白的牙。牙齿发出凛冽的光，让脸上温和平静的气质消失了，连眼睛也变得凶恶起来。

“我从未声称自己是英雄，也绝不会去冒生命危险。此外，萨维里也不给我机会。”

大家都大笑起来，只有那位黑头发的没有，他摇着头，夹鼻眼镜也跟着晃动。灯又挡住了他的视线，被他猛地一击，开始更加剧烈地摆动，像一只惊飞的大蝴蝶。他另一只手拍着桌子，不耐烦地讲：“不要说笑！”

他们离开时，都像老熟人一般和弗里德里希握手。

“我有次在环形路上见过您，”萨维里说，“您现在想干什么？在工作吗？还是在学习？”萨维里是说，弗里德里希是否在“干正事”。弗里德里希承认，他现在无所事事。萨维里说起了战争。他说，一周之后战争可能就爆发了。俄国总参谋部已经在塞尔维亚部署工作。在他常去的一家咖啡馆里，这几周经常出现可疑的客人。他问弗里德里希是否愿意过来。

“我再来您家，或者去咖啡馆。”弗里德里希说。

“再见！”萨维里说，就好像跟一个刚来借火的人告别。

跟P.、T.博士和萨维里相比，R.毫无疑问是最有趣的人。一群年轻人围绕在他身边，形成了一个“团体”。他们穿行于寂静的深夜，R.跟他们交谈，这些年轻人都陶醉在他的妙语连珠之中。

他开始说：“这个世界，人们睡在床上，如同睡在坟墓里。早晨，大家醒来，读一读报纸里的头版文章，用小酥饼沾着咖啡，淡奶油从杯子边缘溢出来。之后，出于对早餐的敬畏，小心翼翼地用餐刀敲开鸡蛋。小孩子背着摇晃的书包去上学，学一位位皇帝，一场场战争。工人早就开始在工厂里劳作，小姑娘粘外壳，大男人切钢板。士兵们也已经在草地上操练了许久。军号嘹亮。时间到了十点，枢密官和部长们驱车来到官署，签字，签字，发电报，口授，打电话。编辑部里的速记员奋笔疾书，呈交给编辑，他们篡改也披露，隐瞒也揭秘。到了晚上，好像整天没有发生过任何事一般，鸣钟发出尖锐的声响，戏院里满是女人、鲜花和香水。之后，世界又睡着了。但我们醒着。我们听到那些部长来了又去，皇帝和国王在睡梦中呻吟，我们听到钢铁被运进工厂，我们听到枪炮被铸造，也听到外交官的写字台上笔落在纸上的细微声响。我们已经看到了那漫天火焰，人们的小小烦恼和小小欢乐都埋葬在这大火中……”

八

现在，弗里德里希——如他的朋友们习惯上说的——也在“干正事”。他习惯了从放弃和匿名中寻找热情，因为没有这种热情他根本无法生存。他原本最畏惧冷酷无情，而现在却从中感受到了一种吸引力，从失望中获得了某种慰藉。他还很年轻，所以不仅相信牺牲的价值，还相信牺牲会得到报答，犹如墓前绽放的花朵。但还是有一些被他称为“软弱的”时刻，会让他暗自希望能最终看到理想的胜利。不过，只有和 R. 在一起的时候，他才会承认。

“您不要在意这些！”R. 说，“我相信，死人是毫无用处的。我们所有人都希望能看到那美好的时刻，能尝尝复仇的滋味。”

“只有萨维里不！”弗里德里希说。

“您错了，”R. 回答，在我当时看来，还带着些许敌意，“你们不了解萨维里。你们将来会了解他的，但那时已经太晚了。他假装他的心不属于自己，已经被献给了人类。但你们都错了：他没有心。我更喜欢一个自私的人，因为自私是全人类的病症。但我们的朋友萨维里是非人性的。他有着鳄鱼的脾气、马夫的想象力、出租车夫的理想主义。”

“那他至今做的所有事呢？”

“以行为去判定一个人，是非常错误的。您应该把这交给那些市民阶层的历史学家。人们会无意识地做很多事情，就像做梦一样。我们的朋友萨维里抢过银行，但他完全也可以组织大屠杀。”

“那他为什么留在我们的阵营里？”

“因为他缺乏天赋，或者如我们所说的：太不变通，无法把自己从过去的压力中解放出来。像他那样的人一旦走上一条路，便会一直走下去。他恨我们，就像俄国农民恨城市知识分子那样。他尤其恨我。”

“为何尤其是您？”

“因为他有理由恨我。我们公平地来看：我不是俄国人。我是欧洲人。我知道，我和同志们之间的距离很远，比知识分子和无产者之间的还远。我很倒霉：我受的是西方的教育。虽然我很激进，但我热爱中庸。虽然我在组织暴动，但我热爱秩序。对此，我自己也无能为力。”

R. 完全沉浸在其语言的感染力之中。弗里德里希也模仿他。两人开始愈发强烈地相互反驳。从他们那里经常可以听到一些话，在当时看来，完全是骇人听闻，但如今已经是理所当然了。“沙皇已经不再是君主，他是资产阶级。俄国的民主时代以他为开端，这是一个小农的民主时代。你们看吧，萨维里的朋友们会把它继续下去。即使沙皇不把我们绞死，他们也会。”

当时，R. 似乎是打算好了，有计划地去摧毁弗里德里希的热情，摧毁他对所有秘密阴谋的浪漫主义激情。在 R. 的周围，即便是危险也变得有些可笑。“不容否认，”R. 在讲堂里说，那里飘散着啤酒、烟草和汗的味道，“为大众而死，要比和他们一起活着更简单。”然后他走到讲台上，要求政党做出更尖锐的态度，威吓统治阶级，嘶声呼喊：“世界大革命万岁！”

警察长吹响了警哨，官员们冲了进来，集会被解散了。R. 立刻消失得无影无踪，他不能身陷警察的铁拳之下。

这样看来，如果弗里德里希没有成为 R. 的朋友，便会走上另一条人生道路。毕竟，是 R. 促使弗里德里希来到俄国，也是他唤起了这位年轻人的雄心，这份天真的好胜心想要证明自己并非“怯懦的知识分子”。但还有其他事情发生。

我怀疑，弗里德里希自愿来到俄国，最终被迫留在西伯利亚，是一场愚蠢恋爱的愚蠢后果，他当时完全失去了对这份感情的希望，而且还夸大了其重要性。但弗里德里希为什么将终生都奉献于理想，我们无权去追问其私人缘由，这里仅仅记录这些事情的经过便足够了。

九

那个车里的女人，弗里德里希再也没想过——或者，他幻想着，自己已经忘记了这女人。但一次巧合却让他又见到了——连他自己也很惊愕，因为那好像是遇到了一幅活起来的画，这幅画原本被珍藏在某一家博物馆的某一间大厅里，又好像是突然想起了一个早已被遗忘的念头，而它原本已安眠于记忆深处一块隐秘的角落。当那姑娘在大学门前询问 24 号教室在哪里时，弗里德里希已经不记得这是谁了。直到消失时，他才想起。像是一颗遥远的星星，她的光需要几秒才到达自己的视网膜。弗里德里希跟着她。在关了灯的教室里，某个老师在讲某个画家，还有另外某个人在放幻灯片，教室里的昏暗好似又一个更小的空间，仿佛把她和他更紧密地包裹在一起。

弗里德里希等着，没有听到一句话，也没有看到一张图片。他看到，门开了，那姑娘离开了教室。

他走在姑娘后面，保持着一段距离，一段出于爱慕而必需但又适宜的距离。他害怕，怕哪条小路会吞下她，哪辆马车会劫走她，或者哪个熟人正在等她。弗里德里希温柔的眼睛捕捉到了远处那姑娘侧脸的棕色光泽，嵌在领口的毛边和深色的礼帽之间。她步履节奏平和，上衣轻柔的布料、臀和背都跟着波浪般温柔地律动。在安静的横街里有一家小店，姑娘在店门前停了下来，好像在思考着什么，迟疑地将手握住了门把手。她走了进去。弗里德里希走得更近了一些，透过窗玻璃看进去。她坐在桌边，脸转向他这一侧，正在试一双手套。她抬起左手，把手指都翘起来耐心地等着。她抚摸着手套的皮质，把手握成拳又张开，用右手轻柔地抚摸左手，展开了一场关节和手指的游戏，迷人而有趣。

姑娘从那家店走出来。弗里德里希没有时间走开。她的目光落到他身上，因为他不自觉地摘帽行礼，姑娘停了下来，好似要努力认出他，也好像在想，自己是否应该礼节性地笑一下，就像面对一位已经遗忘的故人那样。最终，由于这人没有别的举动，她正要转身离开。这时，弗里德里希走上前一步。她明显觉得尴尬。想逃走的冲动和害怕被嘲笑的恐惧同时席卷了上来，弗里德里希思考着下一秒该说些什么，但又不得不默默承认，自己根本无话可说。面前那张鹅蛋脸也感到迷惑，还有那惊讶深邃的目光，眼睛上那细嫩的淡蓝色肌肤，甚至手里那小小的盒子。要是她能这样一直笑下去该多好啊，他想，我必须立即跟她解释，我不是她认识的某个人。他手里拿着帽子，说：

“非常抱歉，我惊扰到了您。只是当下的情况令我措手不及。我跟随着您来到这里，但并没有什么意图。您比我预料的要提早离开商店，所以我来不及回避。我虽然向您问了好，但我们并不相识。我定是让您产生了困惑，这并非我的意愿。请您原谅。”

他一边说话，一边对自己语言的镇定和准确感到惊讶。她的笑容消失了，然后又浮现起来。就像一道光，熄灭了又明亮起来。

“我十分理解。”她说。

弗里德里希鞠躬，她也同样回礼，两人笑了起来。

当获悉她还没有结婚时，弗里德里希感到很惊喜。他也不知道，为何自己原以为这姑娘是一个已婚的女子。此外，八月初遇的那天，她坐的也不是自己的马车，而是一位闺友，G. 太太的。那天她正是受邀去 G. 太太家。她在上大学吗？不，她只是去旁听 D. 教授的课，D. 教授是她家的一位友人。她父亲同当时一些老先生一样，不允许她上大学。要是她母亲还在世，她一定能坚持实现自己求学的愿望。因为母亲是位慈母。一丝悲伤掠过她的面庞。

她站在一个马车停泊处前，现在得去剧院赴约了。弗里德里希已经看到车夫从座位上跳下来，揭下了马背上的盖毯。

“若您有时间，我很想跟您一起走走。”弗里德里希说。

她笑了。他有些羞涩。“那我们走吧，”她说，“就现在。”

弗里德里希现在已经无法再平静地说话了，只能聊些平淡无奇的琐事，严寒的冬天，D. 教授，那些无聊的公开和私人舞会，富人们反而吝啬小气，街道上的照明很差，诸如此类。姑娘消失在剧院里。

弗里德里希完全不知该去做些什么，好像某种假期一样。他走进剧院入口处的大厅。距离演出开始还有一刻钟，能听到门口马车纷纷抵达，马匹隆重地嘶鸣，用蹄子拍打着地面，马车夫小声嘟囔着什么话。大厅里充斥着香水、脂粉和衣裙的香气，四处都是寒暄问好的杂声。很多男士在这里等人，靠在墙上，脱帽行礼，弯腰的程度也是高低不一。有时候点头致意，有时候点头且微笑。从等待者的神色和姿态便能读出来者的身份地位高低，这些站在这里的人像是角落里活生生的镜子。但这些镜子自身同样也有高低贵贱之分，从别人回应他们的方式就能确认这些镜子在这个世界上的地位。漂亮女人似乎看不到任何人，但她们的目光却看似不经意地扫过所有在场的人，就好像指挥官在将军到来前最后一次用眼神对整装待发的军团给予肯定。她们连礼宾员和警察也不会忘记，目光像是在散射出一个个问题，也缓慢得到一个个含情脉脉的回答。各个品阶的军官身着蓝色或褐色上衣，黑色裤管细窄，漆皮靴子锃亮，这些斑斓的色彩传出一阵阵悦耳的声响。弗里德里希第一次面对这些人没有感觉到恨意，甚至同警察有了一种集体认同感，正是因为有了警察，这美丽纷杂中的和谐才没有被罪犯或酒鬼破坏。这里谁都不知道我是谁，他们认为我是个普通的大学生，弗里德里希想。当一位女士的目光扫过时，他感受到了所有女性的感激之情。这些生灵是有第六感的，他跟自己说。男人都粗野。他突然为社会上的女人们感到惋惜，她们把一生托付到愚蠢的少尉和野蛮的拜金男手里，在这些人身边姿色衰败。她们需要完全不同的男人。当然，他想到的是自己。

刺耳的钟声穿过整个剧院，喜悦而惊恐。人们的行动变得匆忙了起来，声音也更加嘈杂了。几扇大门纷纷打开，三分钟之后，前厅已经空无一人。那位警察坐在角落的一个空座位上。收款台的小窗也被一只看不见的手从内部关闭了。入口前银色的弧形灯熄灭了。前厅的演出结束了，而舞台上另一场演出则正要开始。马车夫们走进剧院前厅，街上的小个子男人们也进来了，看上去像是邮递员。他们聚集在礼宾员周围，和他商量着什么。这些人是流动的票贩子。警察转过身去不看他们。大厅里没有了女士香水的芳香。穷人们散发出炖肉、旧衣服和雨水的味道。这里聚集的穷人们好像晴雨小屋[①] 里的人偶一般，他们同富人们在同一个转盘上，不过站在相反的另一端。似乎有某个特定的法律，一时把幸福的人展现在世间的舞

① 德奥地区一种常见的民间器具，用于预报天气。形状为一幢小房子，会有固定于一个转盘上的两个男女人偶从不同的门里转出，分别代表雨天和晴天。——译者注

台上，一时让穷苦人上台表演。

弗里德里希离开了剧院。现在到了去咖啡馆见朋友的时候了。但今天不能去见这些朋友。他肯定会很害羞。这些人一见到我，弗里德里希对自己说，就能看出我坠入了爱河。R. 一定会立刻揭发我是个“浪漫主义者”，这个称谓在他的嘴里听起来像是“叛国者”。不，不能去见同志们。萨维里，比如说，就不会爱，T. 同志则只爱革命。而乌克兰人则已经把所有旺盛的体力都投入了理想之中，就像一个民族臣服于一位君王。而 R. 呢，自然会否认爱存在的可能性。只有他，弗里德里希，心中为一切都留有位置，为失望与理想，革命与爱情。

对弗里德里希而言，只剩下一个选择，沿着这条昏暗的阶梯去格林霍特那里，因为他现在无法一个人待着。他闻到了猫身上的臭味，它们莫名受惊而四散奔逃。他听到门发出的声响，它们一扇接着一扇排列在走廊里，配有门牌号，像是在旅店里一样。产婆的门口挂着牌子：用力敲门，门铃不响。他听到格林霍特轻声走路的声音。

“好久不见。”格林霍特说。接着又说：“嘘！有顾客在里面。”

格林霍特还在誊写地址，他现在可以轻松地每天赚四百块，还问弗里德里希要写吗。

不，他现在在工作，钱还够两个月用，正想着找些什么别的营生。

格林霍特开始抱怨这个世界。最终又回到那个老问题：“我要写举报那个男人的匿名信，我跟你说过的，你觉得怎么样？”

他不仅要听弗里德里希的意见，还想着要写封特别的信。两个人一起写，每写一个字都换一个人。他已经认识了一些懂行的人，但面对复杂的事情大家都束手无策。必须有第二个人在场，而且不仅仅是笔迹的原因。毕竟，可能还要约定会面。按照格林霍特的想法，两个人就能实现完全匿名，可以做到无人能识。

弗里德里希的拒绝令他感到了羞辱。他原本笃信这个年轻人有罪犯的本性，但现在，这变成了一种受伤的敬佩，格林霍特觉得这个年轻人或许在筹划着什么更重大、更有影响的罪行。

产婆的房间里传出各种声音。水声、一个女人的低声呢喃、挪椅子的声音，还有金属、玻璃和木头的声音。

“您听到了吗？”格林霍特问，“春天的夜晚，在宾馆和饭店的雅间里，您听到的是完全不同的东西。那时夜莺在歌唱，吉卜赛人在演奏小提琴，香槟酒杯清脆地碰在一起。现在它们在哪里，那些夜莺？塔尔卡太太曾暗示过我，里面是谁。是一位教授的夫人和一个雕塑家私通。顺便说一下，我认识这个人。他给我介绍过几次生意。一个特别有创造力的人，觉得自己天赋异禀，和所有的混蛋一样。塔尔卡太太的大多数生意都要感谢那些雕塑家和画家。

“今天，人们太喜欢去找人画肖像了。大家在工作室里放荡纵欲。您想想，哪个女人能抵御工作室的魅力。这些意乱情迷都高高地在房子的最顶层，只有上帝透过玻璃天窗看下来。躺在那里往天上看，能看到白云浮游而去，群鸟掠过，心里涌起一阵阵思念。画布在角落里。它见证了曾有另一个女子在这里裸露着身体。画家在说话。他知道的所有事情都源自色情小说或者风俗故事。他眼睛的四周泛起欲望。‘夫人，您脖颈到胸部的曲线，’他说，‘是多美的线条啊！’您要知道，要是一个中尉说这样的话，那就是放浪形骸，女人的丈夫会清晨在树林里枪杀他。但如果是画家这样说，那就是艺术判断。这些所谓的艺术家不会奉承谄媚，他们说的都是专业观点。这些观点还延伸到女人的全身。‘多么迷人的大腿啊！’手里还拿着调色盘。还有一些会说起文艺复兴。比如那个雕塑家，他就时不时地会到妇人家去，我有时会和他聊天。其实，就是他在自言自语。全都是风俗故事里的无稽之谈。有一次，他拜托我去搞些色情版画，因为我偶然认识了一个图书商。我就去了，拿到了东西。但他没有给我中介费，也没有给图书商钱。图书商去找了他，两人大吵了一架。‘您明天来吧。’这位大师说。但第二天他微笑着退还了那本书。几周之后，他跟我说，他只是那天下午需要那些画，因为一个良家少女。我只解开过上衣的扣子。

我就不是艺术家。时代的进步不容忽视。我们已经面临艺术的问题。还有妇女解放。您发现这二者的关联了吗？所谓家庭的纽带越来越松散。枢密官的女儿也找人画肖像，也上大学学日耳曼语言文学专业。图书馆里总会发生些什么。那就是我——当然是多年前，现在的人会因为这样的事获得奖励。我的检察官还活着。他再也不会遇到这样的指控了。我当时的辩护律师是一个神奇理论的拥趸。他胡说了些不可抗力、遗传什么的。但实话实说，我的父亲是个心地善良的人，经营一家兑换所，总是忧心忡忡，跟这些风流韵事毫无关系。”

隔壁房间里安静了下来，门开了，听见钥匙的声音。格林霍特又留了弗里德里希几分钟。

“等她们下楼，”他说，“我不喜欢撞上别人的秘密。”

十

按照路德维希·冯·迈尔科尔先生曾向死去的太太发过的誓言，他不能再婚，但没有妻子又无人操持家事，而且又不想让孩子知道一个血气方刚的鳏夫那些生活习惯。所以，当时还是某行政部门地区负责人的他，把女儿送去了育儿所。之后是女子寄宿学校，在那里和同等社会阶级的孤儿们一起接受与门第相匹配的教育。在把希尔德安顿好之后，冯·迈尔科尔便纳了一名女管家进门，但只和她去看马戏和杂耍，从不去剧院。女管家认为这很不公平，因此觉得自己有权让冯·迈尔科尔先生不好过，而且应该在家里拥有更高的权力。她监控着冯·迈尔科尔先生一切行踪和所有花销。当他抱怨自由受到限制时，她的回答总是十分尖刻，让对方毫无还手之力，甚至是致命的。“我难道不应该有这点小权利吗？我，一个女人，一个你不愿带去剧院的女人。”每年一次，冯·迈尔科尔先生会逃离女管家，乘车去瑞士看望女儿。女儿很快就长得比他还高了，长成了一名少女。他觉得女儿美丽无比，在最隐秘的瞬间，甚是惋惜自己是她父亲，而不是情人。但她早就爱上了自己的幻想。虽然冯·迈尔科尔先生读过法国文学中各类关于修女院和女子寄宿学校的小说，但他和大多数男人一样，相信所有女人都内心放荡，但自己最亲近的除外，从表姐妹开始才会如此。

时常也会说起打算将希尔德接回家，但很快，冯·迈尔科尔先生已经两鬓白发，他的女管家也人老珠黄，皱纹丛生，和男友结婚的希望也消失了，和他共同有一间戏院包厢的愿望变得再也不可能实现了。但希尔德已经出落成了一个亭亭玉立的年轻姑娘，回到了父亲的家中，开始过自己的生活。

那个时代在坚定地倡导女性自由，但冯·迈尔科尔先生——现在的他已经晋升为部门高官——深谙男性不自由之苦，因而绝不会支持女性自由。按照女儿的观点，他已经半苦闷半耻辱地判断出，自己已属老年人那一辈了。人们都耻于变老，好像老去是一种见不得人的罪孽。面对女儿扑面而来的朝气，他选择默默退隐。这种痛苦竟然让他渐渐变得睿智。冯・迈尔科尔先生属于那种平庸之辈，直到晚年才展现出理性，因为他们不得不长期沉默，除了思考之外无事可做。当希尔德以世界上所有女儿的名义呼喊："我们的母亲被出卖，被背叛！"冯・迈尔科尔先生认为这句话是对自己死去妻子的亵渎，是女儿粗野无理。他惊诧于不知道希尔德从哪里学来了这样完全不顾及他人的做派，还有这样耸人听闻的措辞。他对自己的女儿一无所知。

希尔德与那个时代同阶层的其他女孩毫无二致。母亲的谦卑和浪漫在她这里变成了亚马逊女战士[①] 式的好斗。她要求享有公民权利，在实现这一目标的途中自然也要获得恋爱自由。"所有人权利平等！"随着这一声高呼，那个时代优渥家庭的女孩子们冲进了生活之中。她们冲进大学、铁路、豪华游轮、解剖室、实验室。清新的风为她们吹过整个世界，每一代年轻人都感受过这阵风。希尔德决心不委身于婚姻的束缚。她"最亲密的闺友"背叛了这一约定，嫁给了富甲一方的 G. 先生，拥

---

① 传说中的女战士族，有各种她们与希腊英雄的战斗故事流传下来。据说亚马逊女战士长大成人会切去右边乳房，以便投掷标枪或拉弓射箭。——译者注

有了马车、仆从、车夫，还为下人都置办了制服。希尔德虽然乐于和朋友一起享受她的财富，出门购物时乘坐豪华的马车，但她却说："伊雷妮的幸福是可以被偷走的，她出卖了她的自由。"那些听她这样说话的男人觉得希尔德十分迷人，聪明过人，而且独具风姿。而且她嫁妆颇丰，父亲又人脉甚广，所以尽管她原则上拒绝婚姻，总会有这个人或那个人想要娶她。男人，都是守旧的。

父亲只可能把希尔德许配给熟悉的人，但绝非任何一个她交往的人，这也保障了她想要自由的愿望。她建立起了一个所谓的圈子。通过父亲，认识了政府和军队里一些有前程的年轻官员，通过 D. 教授结识了几位讲师和艺术史课程的听众。闺友嫁入豪门，其丈夫会资助一些艺术家，因此希尔德还认识了一个音乐家、两个画家、一个雕塑家和一个作家。

这一代年轻人还不知道，他们当中十分之一的人很快会在世界大战中丧生，现在他们的行为好像是要不断地挣脱枷锁的束缚。年轻官员也谈论正威胁这个古老帝国的种种风险，必须要深化各民族的自治，不然就加强中央集权的铁拳，解散议会，更严格地选拔各个部长。要么疏远德国，同法国交好，要么与德国建立更紧密的联系，刺激塞尔维亚。一些人想要避免战争，另一些想挑起战争，但两方都认为那不过是一场轻松的小规模战斗。年轻军官为了缓慢的晋升做一切努力，落实总参谋部所有愚蠢的决定。讲师们，除了温和的神学家之外，在知识的宝藏下隐藏着对名利和嫁妆的渴望。艺术家则承认，他们同天堂有直接的关系，同时代表奥林匹斯、咖啡馆和工作室。每个人都很勇敢，但都只是在反抗自己的父辈。希尔德觉得他们每个人都是个人物，同时也是好战友。她幻想着，将这样纯粹的同伴关系保持下去，但要是有人不夸赞她的话，希尔德便开始怀疑对方的人品。虽然她对老式的爱情嗤之以鼻，但哪个男人如果不向她表达爱意，她就会断绝与之来往。

她把与弗里德里希的相遇当作自己的“特殊经历”。这人一看就是个穷小子，这在她认识的人里算是一抹新鲜的色彩。而且同其他那些人的小叛逆不同，他奉行的是泛极端主义。所以，第二次去听讲座时，她内心有些激动。

“我可以送您吗？”弗里德里希说。当然，希尔德想。但只是说：“如果您乐意的话。”那天下雨，所以她想象着两人如何一同走进他的房间或者一间咖啡馆。他或许没有钱，姑娘思考着，之后就再没有听到他在说什么。街上，雨水、风和层层叠叠的雨伞让人们有些不知何去何从，弗里德里希试探了几次想去扶她的胳膊。她的胳膊也在等待着他的手。可以看出，女性解放对希尔德产生的影响其实是多么微小。

他们走到一家小咖啡馆旁，弗里德里希是这里的常客，在这里赊账或者借钱都不会尴尬。就好像突然才想到这一点一样，他说：“我们都淋湿了，您进来。”她朦胧地感觉到了那种喜悦，那种女孩被情人带进房间的喜悦。

他们坐在角落里。希尔德机敏地推断出，这里是他常来的地方，是他的家，所以也准备要不时地给他些惊喜。两人的手在桌面上偶尔碰到一起，又很快缩回来，手好像有了灵魂一般，自己感到羞涩、思念和好奇。希尔德的袖子拂过他。他们的脚挤挨在一起。他们的餐盘好像有生命一般，依偎在一起。一个人做的每一个动作，都会被另一个人赋予隐藏的含义。他爱她的手镯，就像爱她的手指，爱她的纤细的袖管，就像爱她的玉臂。他又问起她的母亲，因为想再次看到她忧伤的样子。但她没有悲伤。希尔德向他描述逝去母亲的照片，而且许诺一定会拿给他看。他说，他觉得在女子寄宿学校的日子应该是严格而且昏暗的。希尔德随之又记起那些秘密的夜谈，那些她早已经忘记了，而且被她归类在“幼稚行为”一栏当中。但现在这些回忆又向她袭来。她渴望着他不经意间令人惊慌的触碰。她想去握住他的手，便羞红了脸。她想起一个画家曾主动地大献殷勤，就幻想着弗里德里希也那样是什么感觉。他还在说话，这让她有些等得不耐烦，但同时又想：他真是睿智又独特。

“很晚了，”希尔德说，“我得回家了。”

弗里德里希刚想说产婆那里发生的事情，正是社会衰败的图解，是其衰亡的症状。她的微笑缓和了他的情绪。他安慰自己，路还很长。在路上，她开始讲起自己的少年时期。天很暗，路灯发出昏黄的光，微弱而潮湿。高墙像是投下了双重阴影。突然，她抓起他的胳膊，好像是要跟他说更多。她想，他或许会问。但他没有问。她开始说：

“夜里我们四个人睡在一个大房间，每人一角。我的床在窗户的左边。对面是小格贝。她父亲是德国的财政官员，黑森州的。夜里她钻到我床上，我们那时候十六岁。她跟我说，她表哥，一个军官学校的学生，已经给她‘启蒙’了。真是可怕，不是吗？”

弗里德里希不明白，她想问的是什么。“我认为，”他说，“如果您想到，无产者的孩子们，在十二岁到十六岁之间已经有 60% 不再‘完好无损’了，您就不会觉得可怕了。对贫民区的生活，您有概念吗？”这是他长久以来的愤怒！他又开始说下去，悲愤而激烈，让她失去了所有想承认的欲望。在一所上流社会的寄宿学校，一个房间里只住四个女孩，这里的人根本没见过一个工人的住处。他给她举例描述了一下，还告诉她流浪者收容所什么样子，被驱逐和遭到政治判罚的人，他们的生活是什么样子。

希尔德安慰自己说，这是怎么一场相遇相识啊！她想这些的时候很骄傲。她问他少年时期的事情。弗里德里希讲述了自己在边境的工作。“我真羡慕您，”她说，“您自由而强大。您想去我那里吗？周三下午？”

昏暗的门廊里，她的笑容闪着光。

大多数年轻男人在她看来都像父亲一样无聊。她渴望自己能成为一个男人，也鄙视那些不知道何为男子气概的男人。她多希望弗里德里希能像中尉一样圆滑，像画家一样纠缠不休。多年后，她第一次在床上哭泣，完全陷入黑夜之中，一个身上毫无女性解放痕迹的可怜女孩。

第二天早晨，希尔德翻阅一周安排，模糊地希望着能有改变生活的机会。那天是周日。周一裁缝会过来，周二和 G. 太太去剧院，周三会客，周四听报告，周五见姑妈，周六下午油画家绘制肖像一小时，晚上与两位政府部门的男士共进晚餐。她想约 G. 太太同去画肖像，但这位闺友没时间，得和丈夫去亲戚家，这已经准备很长时间了，要坐三个小时的火车。但五分钟之后，闺友便忘记了这次旅行，在报纸里翻看着周六有没有演出，又突然脸红起来，面露尴尬，很快换了一个话题。第一次，在她告别时情绪中混杂了敌意，尽管握手刻意表现诚挚，每次拥抱都比往常多了一秒，但这份敌意也无法被抵消。希尔德很快推断出：她把我当对手，自己“最好的朋友”。

希尔德去了那个小咖啡馆，想给弗里德里希一个惊喜，但没有找到他，只为他留下了周六下午的邀请。

弗里德里希如约而至，见到了画家。他曾经见过这个有些异样的男人。弗里德里希讨厌这人奇怪的脑袋、宽大雪白的额头和浓密的眉毛，看起来像是每天都给眉毛喷了水，好似对待苗圃一般。这对眉毛还给空洞的眼睛打上了阴影，让其中似乎浮现出神秘湖水的深沉。弗里德里希也讨厌他柔软轻便的领口，肥厚的双下巴从领子里露出来，好像是给本来的下巴加了个托座。弗里德里希还讨厌一切那些所谓聪明的头脑。这些人花费了巨大的精力，让自己看起来比命中注定的要重要很多，就好像每天早上起床之后，才华都用在了照镜子上。

希尔德有些偏向于画家。她气恼弗里德里希，因为他，自己才度过了难熬的一夜。她责备他，在那个阴暗的雨夜完全与在晴朗的下午判若两人。而且，现在还固执地一言不发。弗里德里希看着画家在半小时的时间里完成了十幅草稿，手指纷飞，眼神锐利，不停地在希尔德和画纸之间跳跃。希尔德心中很不平静。虽然她面容并无改变，但神色却突然有了变化，从眼睛里可以看出，一束光熄灭了，又再次燃烧了起来。

弗里德里希的沉默让画家不知所措。“我必须单独与您一起。”他小声说，像是故意让弗里德里希知道，自己在说一个秘密。弗里德里希站起身，画家看了一眼天花板，似乎用眉毛比用眼睛看到的更多。他委屈地收拾着画纸。希尔德怕他受到了羞辱，请求画家留下，让弗里德里希离开。弗里德里希便消失了，固执而且一言不发，他决定要写一封明确的信，向她说明：她过着一种虚伪的、令人鄙夷的生活，她必须要改变，必须要停止这样的中产阶级做派和虚假的反叛。

所有这些，弗里德里希都急匆匆地写了下来，匆忙得像是在逃离迫在眉睫的危险。当写到第四页时，他开始想要把这封信毁掉，但又想起在所有的书里，恋人都会撕毁信件。他绝不愿变得如此可笑。所以，很快把信寄了出去。

R. 走到他桌边："恋爱很久了吗？看来您真的恋爱了，别害羞。爱情的力量就如同健康的力量，但人们不能将健康用于变得更健康。同样，爱情也不能滋养爱情。您要去转化它，借爱情之力实现一番成就。不然爱情不过是意志不坚而已。"

一本册子要在一周内译成意大利语，五月一日前完成。由于参加各处集会并发言，P. 受到了被驱逐出境的威胁。萨维里便询问弗里德里希是否能翻译。

"好的，好的，"弗里德里希说，"我立即着手做。"他开始翻译。他无法把爱情投入工作中去，至少无法把爱情的悲伤转化为力量。

一天晚上，他正在写东西，希尔德走进了咖啡馆。他在她和自己面前都佯装毫无所谓。不能让她认为，自己与一个市民阶级的肖像画家并无二致。不，要为拯救这个世界而努力，绝非小事。他感觉自己胜利了，战胜了她带进这个灰暗狭小房间的青春、优雅和美丽。

希尔德无助地坐在他身旁，手里拿着那封厚厚的信，打算把里面的每一句话都和他讨论一番。弗里德里希请她等一下，自己必须要写完一篇文章。他想，如果她想看，就读给她听。在这种想法的激励下，他落笔文采卓然。希尔德等着。弗里德里希写完了。希尔德没有想到问文章的事，只想着那封信。她几乎温柔地说："我把信带来了。"这种温柔刺激了弗里德里希。"请您原谅，"他说，"这封信是我在一个疯狂的状态下写的。您不要把它当作一封写给您个人的信。"希尔德手里还握着信纸。弗里德里希一把抓过来，把信撕碎了。她曾想去握住他的手，但却羞于这样做。她眼眶中满是温热的眼泪。我又哭了，她心想，那段早已克服的过去竟又卷土重来，真令人气愤。

有那么一个短暂的瞬间，弗里德里希没有抬头看希尔德。他深信不疑地扮演着一个刚强傲慢的人，手把信纸撕得粉碎。现在，它们变成了五十片碎纸，像小小的白色尸体躺在暗色的大理石桌面上。服务员过来，用一只手把它们扫到另一只手里，拿走了。

埋葬了，她想。

弗里德里希想说些和解的话，但什么也没有出现在头脑中。两人之间被一条亘古不变的法则统治着，那便是男女之间的误解。

希尔德已经站起来走了，离开了这个属于另一个世界的陌生咖啡馆。弗里德里希又一次透过玻璃看着她离去。已经忘记了，隔着他们两人的不过是一面玻璃。他觉得根本不可能再离开这间咖啡馆。这一刻，门似乎被石封，而这张桌子则是无限时间里永恒的位置。他一动不动。五分钟之后，他走了出去。希尔德已经再也看不见了。

十一

从现在起，弗里德里希就一直想着能踏上一场“遥远而危险的旅途”。一种莫名的痛苦伴随着他的工作，让他的辛劳有了一抹金色的温暖，让他的话带着悲切的回响，也在他的面庞上画出了第一缕犀利的线条。弗里德里希好像变得沉默寡言了，明亮的目光望向茫茫的远方，看见一个千山万水之外的目标。他想远行，永远不再回来。

“我是个穷人，”他有一次对 R. 说，“我站在穷人这一边。这个世界没有善待我，我也不会让它好受。世界的不公处处都是，我深受其害。专断独裁令我痛苦，我自会对当权者以牙还牙。”

“若是公正地讲，像萨维里那样，”R. 回答道，“我应该告诉您，您属于天主教的圣人，而非我党的无名英雄。我同 T. 说起过您。我们一致认为，在严格意义上，您是不可倚靠的。当您个人利益受到损失时，您便要把部长们都绞死。您属于欧洲不死的知识分子。当下，您心系无产者，同他们交往。但您等着，这些您今天为他们做报告的年轻人，您有一天会在他们悲伤的眼中看到群氓赤裸裸的仇恨。您想过没有？当一个工人跟我握手的时候，我便会立刻想到，他的手可以和警察的手一样，打人时毫无怜悯之心。您的方法是错误的，我的也同样。所以，我才有资格告诉您，您也应该相信我。我们应该认识到，穷人并不比富人好，弱者也并非比强者高尚。相反，权力才是宽容的前提。认识到这一点对我们是大有裨益的。”

“我想离开。”弗里德里希说。

“十分正确，”R. 回答，“您必须去经历危险的洗礼。您去俄国吧。迎着危难，去西伯利亚。T. 去过那里，K. 也去过，我也去过。在那里，您会认识最穷、最愚昧的贫困之人。您将看到，不幸没有让他们变得高尚起来。给青年如此建议，我这样的做法很残酷，但您将由此从所有的幻想里清醒过来。比如说，您将不会再陷入爱恋了。”

接下来的一场报告，他一开始便宣布，自己已经决定离开，以后将由别人替代他。在最后一排，他看到了希尔德，还特意穿着不显眼的大衣。真像化装舞会！他愤懑地想。他觉得，希尔德是因为自己来的。就像是一场背叛，是自己对其他人的背叛，对这些正在听他说话的人。他开始朗读一家市民阶级报纸的头条文章，讲的是中央政权决心保障世界和平，但这个世界却一再陷于战火之中。他又拿起一张俄国报纸，然后是一张法国的，一张英国的，向听众们证明，所有国家写的都是一样的内容。他面前的斜面桌上，低垂着一盏灯，照得他眼花。他看向这个小房间，只见一片灰黑色中的四面墙。它们不再是坚固的，而是像面纱一样向远方飘去，被他的声音吹散。昏暗中映出的脸，重重叠叠似乎有十倍之多。他听着自己的声音，听着自己言语的回响。他像站在一片幽深的汪洋边上。听众的期待是最美好的语言。他感觉自己在说，同时也在听。他感觉自己在讲，同时也在被讲。他感觉自己在发出声音，同时也听到声音。

一瞬间，一切寂静无声。这寂静便是回答，像沉默的封印证实了他的力量。

当他走下台时，希尔德已经离开了。他气愤自己还在找她。一些人过来跟他握手，祝他一路顺风。

十二

弗里德里希定于明晚启程。现在还有二十多个小时的时间。萨维里已经给了他钱、信件，分配了任务。他要先去找

K. 太太，并在那里住下。一旦有安全的机会出现，就带着一部分钱回来，这里的人都焦急地等待着。他的箱子里装满了报纸，口袋里、袖子里、别人给的西装的内衬里，都是。

他不再害怕。一股平静洋溢在心中，就像一位将死之人，已经度过漫长而公平的一生。他可以死去，无名地死去，被人遗忘，但不会毫无痕迹。他是革命汪洋中的一滴水。

“我已经跟 R. 好好告别过了，”弗里德里希对我说，“这个 R.，所有人都说他可靠，但其实没人能受得了他，他比其他人知道的都要多。他不会因为某种信念而忘记人类的缺陷。人们不敢完全信任他，因为他有许多不同的面孔。而且，他也不相信自己，不相信自己会永远理智。”

弗里德里希去向格林霍特告别。

“您去那里？”

接着是几秒钟的静默。格林霍特走到窗边。好像不是在看街上，而只是在看窗玻璃，好像玻璃不再是透明的。

“您在想什么？”格林霍特用哭泣的声音喊道，“我不是问您此去是因何种目的，这我可以想到。但为什么是您？”

“我自己也不清楚。”

格林霍特又回到窗边。

我这是最后一次见他了，弗里德里希想。

那些关于死亡的想法让格林霍特突然转过身来。

“您不知道，您不知道，”格林霍特说，“您还年轻。或许还认为，还有两次机会去说我要远行？您还觉得生命是无尽的？生命很短暂，只有那么几个可怜的情景，人们必须要懂得珍惜。您有两次机会说：我愿意；一次说：我爱；两次说：我将会；一次：我就要死去。这就是全部了。您看我，我肯定没有什么值得人羡慕的。但我不愿意死。我或许还有机会能说：我愿意，或者，我将会。虽然没有什么远大的前程，但我在等。我不愿为任何人、任何事受苦。您扎伤手指的时候感到微末的痛，跟生命的短暂比起来，也是巨大的。是的，您想想，这世上还有一些人，他们为了一个理念，愿意被剁去双手，被挖去双眼！为了整个人类，以自由的名义。这太疯狂了。

“我知道，您不会回来了。人们去做某件事，因为他们必须去做。然后别人就让我们为此承担责任，他们要么为我们所谓的英雄事迹颁发勋章，要么因为所谓的罪行把我们扔进地牢。但这不是我们的责任。我们最多只能对那些被我们忽略的事情负责。如果我们要因此被审判，那么我们可能一天要被打一百次，要坐一百次牢，被吊死一百次。”

格林霍特又走到窗边，背对着弗里德里希，小声说：“好吧，您走吧，但您要回来。我已经见过有些人有去无回了。”

隔壁塔尔卡太太那里突然传出了声响。

“嘘！”格林霍特小声说，“您坐着不要动。又有新的顾客了。昨天画家来了。我就知道，今天一定会来人。待的时间不长。说明是先咨询一下。您别动，先等她走了。”

一会儿便听到门的声响。“快点儿。”格林霍特说，然后匆匆握了手，好像忘了，这一次是永别。

十三

两天后，弗里德里希又坐在帕尔特哈格纳家的脚镣球旅馆里。一切都没有丝毫的变化。卡普杜拉克依旧把逃亡的人带来，大家在这里喝烧酒，吃咸豆子。查耶金周围聚集了许多反抗者。那个法律系的学生还在想着能成为议员。

卡普杜拉克第二天一早就来了。“您没有成为区长呀。好吧，我们出发。这些箱子我拿上。您去边境酒馆等这些箱子。”那是一个星期五，边境上的官员和逃兵们都坐在酒馆里，大家喝酒、唱歌。吧台后面的店主张着嘴，瞪着眼睛。

弗里德里希走出来。星星潮湿地闪着光。风轻柔地吹过，带来遥远家乡广袤平原的味道。

一个矮个子圆墩墩的男人突然站到弗里德里希身旁，他留着黑色的小胡子。

“这夜晚真美，”他说，“不是吗？”

“是的，”弗里德里希说，“一个美丽的夜晚。”

“我逮捕您，我亲爱的卡尔干。”这个男人友好地说。他的手又圆又白，像女人的手，手指很短。

“带走！”他命令道。

突然出现两个男人，把弗里德里希挟在二人中间。

他感觉到的只有风，像无尽远方的一丝慰藉。

第二卷

一

那是一天晚上。伏尔加河的河水轻声温柔地拍打着轮船四周。在甲板间里能听到机器规律而沉重的隆隆声。摇晃的吊灯给船上二百号人投下光和影，大家席地坐在登船时随意站着的位置。船靠岸时机器便不再发出声响，能听到的是水手和搬运工低沉的喊声，还有水拍击木头的声音。

大多数囚犯都躺在地上，四肢展开。甲板间的两百人之中，有一百二十人带着锁链。他们的右手关节和右脚被锁链锁住。在他们身旁，那些没被锁链铐住的人就像自由了一样。有时会出现一名警察，或者一个好奇的水手。囚犯们既不理会他们的看守，也不理会访客。尽管天色还不是太晚，而且半个小时之后就要发放晚饭，但大多数人还是睡着了，在经历了长途跋涉之后他们无比疲惫。国家先让他们长途步行，之后又去走漫长但花费低的水路。后天一早，这些人就要被装进火车里运走。他们需要储备大量的睡眠。其中一些人已经熟知这一切了。他们已经不是第一次踏上这条路。他们有经验，做法都很实际，也会给新人一些建议。在他们的同伴之中，这些人享有一定的权威，面对警察也有一种隐秘的敌意。

有人喊他们吃饭，就像喊他们去赴刑场一样。囚犯们排成一队，锁链在他们之间发出哗啦哗啦的响声，他们看起来好似被绑在一条很长的绳索上。伴随着规律的啪嗒声，饭勺落进锅里，之后便能听见汤汁流回锅里的轻微汩汩声，最后湿乎乎的一团东西掉到坚硬的铁盘子上。深重的脚步在地板上摩擦，铁镣叮当作响，一个又一个人从队伍的一端走开，好像被从这一串上撸了出去一样。二百副铁餐具和二百张嘴里升腾出蒸汽，充满了这个低矮的空间。尽管是自己把勺子送到嘴边，但好像是被别人的胳膊在喂饭，那是不属于自己身体的胳膊。尽管内脏还没有，但他们的眼睛已经饱了，呆滞的目光僵直木讷，男主人在家里的餐桌上用饭时就是这样的眼神，神情已经陷入了昏睡。

“当看人们吃饭时，我坚信，”弗里德里希对别尔泽耶夫——曾是一名中尉——说，“腿上绑着脚镣球，右手一柄勺子，左手一个铁碗，除此之外，其他任何对他们来说都不是必需的。心脏紧贴着肠子，舌头、牙齿同脑子之间几乎毫无缝隙。手，用来把思想记录下来的手，同样能掐死一只山羊，或者串烤肉的扦子。面对这些人，我束手无策，如同面对传说里的巨龙一样。”

“您说话像诗人一样。”别尔泽耶夫回答，他微笑着，露出两排胡子中间闪亮的牙齿，就好像在证实弗里德里希的观点，

“我就找不到这样的词汇。但我也看到了，人都是捉摸不透的，而且，您无法帮助他们。”

两人都突然十分惊诧。他们不正是想帮助这些人，才来到此处的吗？两人都转过身去。

“晚安。”别尔泽耶夫说。

外面守卫正在换班。

二

四天之后，他们从船上下来，被带进一个大厅，然后塞进火车的车厢里。当他们又能脚踏大地的时候，大家都感到了一丝神清气爽，铁链也发出更加清脆的声响。在火车旋转的车轮下，他们能感受到大地。透过车窗的铁棂，能看到青草和田野，牛群和牧人，桦树和农民，教堂和烟囱里冒出的蓝烟——整个世界，与他们分离的整个世界。但还有一丝慰藉，这世界还没有毁灭，甚至没有一丁点改变。只要房子还矗立在那里，牲畜还在吃草，整个世界就还在等待这些被囚禁的人归来。自由不再是一种财富，他们每个人都失去了。它是一种元素，像空气一样。

车厢里各种小道消息在流传着。根据在上一个监狱里听到和交换到的信息，这些都是风言风语。有些人说，这趟车会直接开往上扬斯克，但懂行的人认为这根本不可能。一位名叫阿德拉索诺夫的下级军官，对一个已经算是二进宫的“老人”说，车是去往秋明的，那里有最大的监狱之一，是流放人员的中央监狱。曾经去过那里的人开始描述那个监牢的恐怖。这些话先让他们自己感到毛骨悚然，然后听众们也开始不寒而栗。但是渐渐地，随着大家的讲述，对叙说本身的兴奋已经大于了内容，听众的好奇也开始大于恐惧。他们坐着，像孩子在听那些玻璃城堡的童话一般。潘菲洛夫和塞米努塔，两个白胡子的乌克兰人，都已经年迈，说起那里的单人监狱甚至还带着若有若无的忧伤。人们的心都是健忘的，因为所有人都觉得眼前的路没有尽头，目的地也是未知的——尽管有经验的人对其已经十分确定。在这短短的几个小时，所有人都觉得并非自己要面对牢狱的凄楚，而是别人，陌生的人。

弗里德里希和别尔泽耶夫两人打算尽可能地待在一起。别尔泽耶夫有些钱，懂得如何去贿赂，去交换名单。当其他“有政治头脑的”人在讨论无政府主义、巴枯宁[①]、马克思和犹太人的时候，别尔泽耶夫在算计着，该给谁一根香烟，又该给谁一个卢布。

---

① 米哈伊尔·巴枯宁，19世纪末俄国无政府主义者。——译者注

尽管火车速度很慢，还会在货站一停就好几个小时，但火车的行程还是比大家想象的要短。锁链又哗啦哗啦地响了起来，又有人开始念名单。他们站在路途上最后一座火车站，向铁道上这些精美的设施告别，告别这些技术玩具、绿色信号灯和小红旗，告别玻璃铃铛尖锐的和铁钟隆隆的声音，告别电报员嘀嘀嗒嗒不知疲倦的发报声，告别绵长蜿蜒的铁轨，告别火车头哐噹哐噹的喘息及其向天空发出的沙哑低吼，告别售票员的喊声和车站管理员挥动的旗帜，告别水井和一个花园栅栏，告别这个偏远车站粗陋的餐台，告别那个站在一堆瓶子之后烧着铜茶壶的女孩。特别是这个女孩，弗里德里希看着她，就好像她是自己能看到的最后一个欧洲女子，他必须要记住她。在他现在的记忆中，希尔德就好像二十年前只说过一次话的普通女孩。有时他已经记不清她的脸。对他而言，希尔德在这段时间里已经变了，像步入了白发苍苍的迟暮之年，似乎是一个老妇。

他们换了马车，每二十五公里就要换马，只有马车夫一路都是同一个。行程的大部分已经结束，现在他们应该被送往某个大集中营。目前只剩下了几组人。弗里德里希和别尔泽耶夫，还有弗莱伯格、里昂坐同一辆车。别人都看不到的时候，弗里德里希握住别尔泽耶夫的手，两人默默结成了同盟。

一名囚犯摘下了帽子，这时大家看到了他被剃光了一半的头发，脸上的表情也因此像是疯人院里的傻子。人们都很吃惊，但每个人都将惊愕掩饰在微笑之下。只有别尔泽耶夫不为眼前的一切所动——他被剃光了所有的头发。

囚犯们唱起一首接一首的歌。士兵和马车夫也跟着唱了起来。有时只有一个人在唱，但他好像凝合了所有人的力量。他的声音在许多人合唱的副歌中渐渐消失，那些重唱句像从天空折返大地的回声。唱得最好的是科莫夫，一位来自莫斯科的纺织工，家中被发现有秘密印刷品。他要被囚禁十五年。

三

一天早上，徒步跋涉开始了。这一队人要横穿整个国家最荒芜的一方土地，背着包裹，戴着镣铐，手里拿着拐杖。

一共五十个人，八人、六人或者十人一组，被长枪上尖尖的刺刀押解着，向前走着，举步维艰。根据规定，每人只允许携带五普特[①] 的行李。一些人在最终的火车站拒绝减少行李，而现在他们扔掉多余的，又扔掉了必需的。士兵们把这些都收了起来，存到途经的蒙古包里，返程的时候再拿走。只有别尔

① 沙俄时期的重量单位，1 普特约为 16 千克。——译者注

泽耶夫什么都没有扔。他厚重的行李都是士兵们在背着。别尔泽耶夫给他们说句好话，往他们嘴里塞根烟，就能将其做马匹驱使。

大家已经默默行军了很久，别尔泽耶夫命令道："唱歌！"大家便唱歌。但在第一段之后就卡住了，在犹豫的停顿之后，一个声音开始唱起了副歌，很久之后，其他人才跟上。旋律并没有让沉重的脚步变得轻松。他们离流放地越来越近。流放地甚至正步步向他们逼来。远远地在他们身后，是铁路、马匹、马车和人群。广袤的大地上，天空隆起，像铅灰的圆盖，边缘都被焊住。在监牢里，人们至少知道围墙外还有一方天地。但在这里，自由本身就是监狱。铅色的苍穹没有铁丝网，铁丝网让人知道，外面还有蔚蓝的天空。与监狱斗室相比，空间的广袤更加强烈地将人禁锢，无处可去。

渐渐地，这些人分裂成更多更小的组。眼睛和胡子里都是泪水，大家相互告别。弗里德里希、别尔泽耶夫和里昂仍在一起。第一天，他们还相互说这说那的，一起唱歌，一旦他们三人唱起几天前还在大家的喉咙里流淌的歌曲，就想起那些再也不会听到的声音。歌曲像是一种有声的纽带维系着友谊，把陌生的人引领到一起，因为那共同流淌的血液和共同遭受的痛苦。然后，人们渐渐忘记那些消失的人。仅仅是偶然之间，记忆中又浮现出那张没有名字的脸，黑色的胡须里还有泪水。这胡须不属于任何一张脸，一句话响起，而说话者已经认不出是谁。

他们走得很远，而且没有规律，已经能看到鄂毕河荒无人烟的河岸。胡尔古特和纳雷姆两个小村庄在他们看来像是热闹的大城市。大家在纳雷姆过夜。他们已经学会徒手捉起臭虫，然后淹死在桶里，也学会把墙上细细的一排排白色的虱子引到纸袋里烧掉。他们开始珍惜那些可以歇脚的监狱，零星四散坐落在各处，对他们而言却像好客的疗养所。他们看到遥远处的林火，从来自芝罘[①] 的中国商人那里交换得来西伯利亚手套和驯鹿皮靴子。他们听到了因迪吉尔卡河河畔雅库特人[②] 的传说，还有传说中把金子冲上岸的小河多格多。

冬天来了。他们习惯了零下六十七摄氏度的气温，还有蒙古包里不透亮的冰玻璃。眼前在上扬斯克市，一个有三十二间房屋的城市里，还有四十个没有太阳的冬日。

根据法律，他们的目的地应该距离城市十俄里[③]，距离河流十俄里，距离公路十俄里。但他们成功地来到了一条河的河边，科雷马河，比莱茵河要大，但流域内只有三座城市。一座有九人居住，另一座中，有一百人居住在三十个军队棚屋里。

---

① 现属山东省烟台市，中国历史上最早的外洋通商口岸之一。——译者注

② 又称萨哈人，主要分布在俄罗斯境内的萨哈共和国，大部分过着半游牧的生活，以饲养驯鹿为主。——译者注

③ 约等于一公里。——译者注

弗里德里希、别尔泽耶夫和里昂选择了第三座城市，中科雷姆斯克。城里有一些相距甚远的茅舍，有玻璃窗的房子只有三座。但方圆几里之内，这里是唯一有教堂、塔楼和钟的地方。钟，在文明世界里被浇铸制成的钟，钟声就像是他们的母语。

四

沙皇在西伯利亚的官员，在民众、服刑人员，甚至上级官员眼里都恶名昭昭，但这其实“名不副实”。他们之中的某些人完全有理由自视为被流放，因而决心去共同分担这些囚犯的命运，而不是去雪上加霜。也有许多人一开始想把命运对自己的不公报复在囚犯身上，但几年之后他们也懈怠了，因为他们发现，严苛并不会给自己带来任何益处。顶头上司远在千里之外，他们的雄心、虚荣心和敬畏心都渐渐被磨灭。另外一些则贪污受贿，只能在良心不安中生活下去。良心上的不安让人小心谨慎，无论是当权者还是暴徒。

别尔泽耶夫和列列维奇上校交好，那是一个波兰人，指挥西伯利亚的一支步兵分遣队，以便伺机帮助被流放到这里的同乡。列列维奇和彼得堡的关系也很好，所以也不需要像其他军队和政府的官员一般，将自己的想法隐藏在对沙皇的忠诚之下。在他的帮助下，弗里德里希、别尔泽耶夫和里昂住进了那三座有玻璃窗的房子之一。邻居就是政府官员，可以一起打扑克，或者谈政治。每周都会有报纸送达，十天前的报纸。在这荒芜之地传播的消息，像是天上发光的星星，它们其实早已在几百年前熄灭了。里昂觉得，什么时候读到报纸其实无所谓，因为消息在传递时已经被更改，甚至被否认。所以，报纸上所有的报道才显得那么不真实。

里昂说，自己不过是因为认识一个同名的革命者领袖才被流放的，可能很快就会被释放。他实际上不过是温和的反对派，支持君主立宪，支持按照西方模式对僵化的官僚制度进行现代化改革，支持应用经济规律解决国内政治问题。他两个手指拿着一个夹鼻眼镜，上面系着一根黑色的宽带子，说话时会用它指指点点，或者在空中画出一些弯弯曲曲的符号，只有专心聆听的时候才会把它戴在鼻子的下部，好像想透过镜片更好地看清对方，然而也只是从镜片的上缘看出去。所有和自然有关系的事物，在里昂看来都陌生而神秘。从狗到狼和熊，他都怀着同样的尊重。他几乎察觉不到四季的变化，无论气温是二十度还是六十度，对他也毫无二致。

他不停地宣布战争的到来。“德国的社会民主党，”他大声说，“终于公开表态要效忠皇帝。施蒂克利先生说：‘我们社会民主党人热爱这个我们出生于此的国家，我们比大家想象的要更加爱国。’诺斯克说：‘我们从未想过，在没有强有力的国防军的情况下敞开帝国边界。’社民党人由于原则上支持财产税，所以也支持军事贷款。他们支持在四天后把五十万人送到法国边境。国际组织的代表同意给国防部长十五亿贷款。这就是战争，我的先生们。”里昂说完了，把报纸像旗子一样在手里摇着。

别尔泽耶夫和官员叶费诺夫支持德国，不信任法国。别尔泽耶夫为德国工人辩护，最后甚至将沙皇与德国皇帝对比。“毕竟，”他说，“德国皇帝没有把任何人流放到西伯利亚。”叶费诺夫听到此话怒不可遏，金色的胡子和宽厚的肩膀都在颤抖，他把俄国的千疮百孔都归咎于西方的影响，社会、知识分子甚至沙皇本身都深受其害。“你们看，”他叫起来，“你们在做怎样的对比。你们认为，俄国和世界上任何其他地方有相似之处吗？哪怕在某一小点上？根本没有。俄国是东方，和腐朽、败落的西方完全不同。无论你们德国的皇帝，别尔泽耶夫，还是你们德国的工人，都是一样的。如果皇帝开始靠议会和民主来执政，那就是社会主义的开始。皇帝、共和国、马克思主义，这都是西方概念。俄国沙皇比社会主义的国会议员还要民主。他独立于人民的意志和养育人民的土地之外。沙皇是俄国人民群众酿出的果实。他负责国家的事务，人民是没有时间做这些的。你们的不满由何而起？自从你们看向西方，羡慕他们的文明！所以威特才和美国犹太人谈判，所以人们才把崇拜英国的假绅士伊兹沃尔斯基送出国，让他可以报道在伦敦和巴黎都戴什么领带。这样，沙皇古老而神圣的专制就被瓦解了。”

里昂早已不耐烦地用他的眼镜在空中画了半天了。“您认为，”他嚷着，“我们可以决绝于西方世界？世界经济不可阻挡。

“俄国不会一直是一个农业社会。它在工业化。工业决定政治形式。俄国工业的三分之二都在国外。我们开采铁和石油的速度太慢，不够生产所用。我们的煤矿产量只有 22.5 亿普特，而德国有 180 亿，美国有 320 亿。俄国臣民的平均收入只有 53 卢布，法国有 233，英国 273，美国 345。俄国人平均每年的存款只有 16 卢布，而国家负债却高达 90 亿，合每人 2 卢布 80 戈比[①]。而英国，正是您眼中属于腐朽西方的英国，国家预算是 1.6 亿英镑，而且每年还用 1.7 亿资助农业。”

里昂的这些数字，他说得毫无迟疑，像背一首诗。对此，人们哑口无言。他说着的时候，手指还灵巧地在空中比画着，好似用粉笔在黑板上写字。叶费诺夫摇着头。他认为，统计数字同马克思主义一样，也是西方的产物，而传播数字等同于刺杀。跟其他人相比，里昂更应该被流放到西伯利亚。叶费诺夫

---

① 100 戈比为 1 卢布。——译者注

看着房间角落里的圣像，红色的灯将善良温和的安慰照进他的心里。

五

弗里德里希点燃了细细的透明石蜡蜡烛。

大地的寒气从地板冒出来，好像垂直吹来的风，凛冽的风。房屋四周都是寂静翻涌着的寒冷，令人想起电报线。弗里德里希想象着，在房前这看不透的昏暗里，竖立着一根根光亮的长杆，顶端是白瓷的花朵。这些线连接着远方生气勃勃的世界，它遥远的声音变成了儿歌的单调，清晰，熟悉，给人带来慰藉。当他躺下睡去，一瞬间会有图像在浅眠中倏忽而过。他在一个热闹的城市中睡到第二天清晨。那更像一个念头，而不是一个梦。别尔泽耶夫还跟他说了很久的话，已经不期待有什么回答。别尔泽耶夫喜爱这个安静的年轻同志，喜欢他消瘦羞怯的脸，还有开始走向革命的勇气。他并没有深思熟虑过，别尔泽耶夫确认。轻率鲁莽让他看不到将来的困难。而一旦困难来临，他又能坚韧地坚持下去。他有一些兴奋，也有一些失望。但厌烦和热情都只不过是心理学现象。事实上他是悲伤的，持续的悲伤。别尔泽耶夫说：

“那个可怜的叶费诺夫被里昂搞得不知所措了，完全无法找到理由去反驳。我可以给他指点一二。俄国的债务源自想赶超西方的急功近利。或许没有统治阶级中某些人的愚蠢野心，俄国也能富强文明，在西方的名利场中被视为有同样价值的欧洲人。除我们这些坚定的革命者之外，那些阴险的大地主其实也是对的。但他们缺少见地。坚定的反动和坚定的革命，两者之间的所有一切在俄国都是愚蠢的。中产阶级出现了，但是没有位置。现在他们需要自己的工业。沙皇也束手无策，只能把自己转变成西方旧模式下的皇帝，就像今天德国的皇帝。独裁让位于官僚政治，官员们都是资产阶级的先遣队。贵族和富人家的儿子率先担任起了政府职位，也就是进入了大城市。城市是农村的敌人。知识分子随后到来。他们是革命的前哨。知识分子半革命化的理念对俄国民众的本能而言是陌生的。离他们更近的是农业独裁的残暴。你看吧，矛盾的爆发就在眼前。知识分子执政会剥夺地主的权力。他们能推翻沙皇，却不能管理人民。之后当权的就是我们。俄国不能成为一个资产阶级共和国，它必须是无产阶级的。只有战争，才能让旧俄国寿终正寝。战争就要来了，我们也不会再留在西伯利亚了。”

面粉是非常昂贵的。在这个地区，家庭主妇们一年只能烤三次面包。面包比鱼都要稀有。弗里德里希第一次感受到太阳和土地之间的直接联系。他第一次理解了祈祷的意义，向天祈祷每日的口粮。他每天两次坐在没有面包的桌边，都会想到热闹大城市里的面包店，想象着不同颜色的面粉和不同形状的面包。

“你想什么呢？”别尔泽耶夫问。

“面包。当我想起那个与我们隔绝了的世界，我总会想到一些可笑的东西，放在马甲口袋里的扁平火柴、啤酒杯的纸盖子、按压打开的墨水瓶、塑料的裁纸刀，还有许多很平常的东西，比如明信片。我还记得一张明信片，挂在我住的地方街角一家纸制品商店的橱窗里。明信片已经老旧泛黄了，很多年来它一直挂在陈列柜里。那是一家很小、很寒酸的纸制品商店，明信片也不好看，配有很宽的金边，有黑色点缀。内容是一幅很熟悉的图像，地球悬浮在太空当中——还有，若我没有记错的话，太空是淡蓝色的——地球的北极上坐着一名女子，蒙着眼睛。”

“是的，是的。”别尔泽耶夫说，“我也见过这幅画。等一下，我记得女子手里还拿着什么，她身穿的是一件亮蓝色的连衣裙。但我不记得还有金色的宽画框了。”

“有的，”弗里德里希坚持认为，“金色的画框，宽宽的，有黑色点缀。角落里是一个信箱，可以把信封口后塞进去，然后听着它落下去的声音：若信箱是空的，声音就很沉闷；如果有信在里面，就会簌簌作响。”

“我们还是聊面包吧，”别尔泽耶夫说，“你把我带跑题了。首先面包主要分两种，白面包和黑面包。十四岁的时候父亲带我出游，在法国吃过硬的法棍面包，金棕色外皮。但我最爱的还是俄国乡村面包，黑红色，有软软的整颗谷粒。”

“我记得，”弗里德里希继续说，“那种香味，当从面包店经过时。”

“特别是晚上！”别尔泽耶夫高声强调。

“对，晚上，冬天的时候，突然从地下室涌出一阵暖流，动物般的温暖。”

“面包的温暖！”别尔泽耶夫开心地说。

“夏天的早上，我起得很早，走到街上，面包师傅家的男孩也走过来，拎着被盖起来的篮子，香气从篮子里透出来。那时能听到鸟儿在歌唱，因为街上还很静。”

两人沉默良久。

突然，别尔泽耶夫说：“人们真是愚蠢！”

“不，不是愚蠢！”弗里德里希叫起来，“是人性。我们曾是理想主义者，不是常人。我们曾想重新塑造这个世界，但我们迷恋那些明信片，而且我们必须吃面包。”

“因为不是所有的人都有面包，”别尔泽耶夫说，“我才在这个地方。这是多么简单。不需要什么理论，也不需要什么国家经济学。因为不是所有人都有面包——就这么简单，其实很荒谬。”

R. 也说过这样的话，弗里德里希想。R. 说过：我们想要帮助他们，但我们并非生来就有这番能力。因为无能，自然赋予了我们过分强大的爱，它提升了我们的力量。我们像是一个不会游泳的人，看见溺水者还是会跳下去相救，随之沉没。但我们必须跳下去。有时我们能帮助别人，但大多数时候是一起沉没。谁也不知道，在最后一刻，感受到的是幸福还是某种苦涩的愤怒。

“我十四岁时，”别尔泽耶夫又开始说，“父亲带我出游。我第一次看到了其他城市的火车站，有一座最美丽。你还记得火车站吗？”

两人立刻想到了路上最后一座火车站。

“你看到那个姑娘了吗？”弗里德里希问。

别尔泽耶夫立刻就知道他说的是哪位姑娘。

“看到了，”他说，“她站在餐台后面，给了我一杯茶。辫子在耳朵上方绑成了两个圆圆的发髻。”

“脸颊红红的。”

两人说起这个陌生的姑娘，犹如是远方的恋人。

“火车站还有别的事，我十四岁的时候。”别尔泽耶夫继续说，“我们的车厢有一位女士和我父亲聊天。父亲用巧克力糖招待她，帮她从行李网架上拿沉重的箱子，又帮她放上去，还带她去餐车吃饭。他对侍者说：‘一张三人的桌子，不需要第四把椅子，明白吗？’‘好的，阁下。’侍者说。我的父亲身居高官之位，坐拥田产，是位老爷，立刻会受到别人的尊敬。我经常喜欢去车厢外的走廊里，那里更能感受到火车行驶的速度。因为当人站着的时候，会觉得车开得更快，也会觉得自己更自由，而且还离乘务人员更近，火车到站的时候还可以很快下车。车上的厕所也很漂亮，我经常去，如果有人猛烈地砸门，我反而故意在里面待得更久。有一次我回到车厢，那位女士突然暴怒，大叫起来，而我的父亲只透过窗子看外面的风景。我在角落里坐下，盖上大衣，装作睡着了。父亲便走了出去，我能感觉到他从我的腿上跨出去。紧接着那位女士便把大衣从我的脸上拿开，快速地吻了我的嘴，然后又坐了回去。当时我想，她吻我，是为了让我不生气，或者回家不要乱说话。但我们在尼斯又遇到了她。她是和父亲约好了。一次，在某个下午，她让我去她房间。我们住在同一家酒店。到了晚上，晚餐的铃声响起时，我从她的房间出来。走廊里，父亲在等我。我想从他身边走过去，他抓住我给了我一个耳光。”

“然后呢？”

“你设想下，从那之后我再也没有和父亲说过一句话，直到他去世，而且我也是两天后才得知他的死讯，再没有一句话！我开始憎恨他。我看着他讲究的花白胡子下肥厚的嘴。我们从尼斯回来之后，他就立刻把我送去了军官学校。他每年给我写两封信，我也给他写信。那些信像是按照范本抄写的。过复活节回家的时候，我们会亲吻行礼，但不会说话，一整年我都会害怕这个在家里等着我的亲吻。”

“他应该和你谈一谈的。”弗里德里希说。

“或许是我不对。”别尔泽耶夫说。

六

有时列列维奇上校会亲自过来，有时则会遣一位友人过来，将面包、罐头、报纸送到。每隔一段时间，中国商人李敏勤也会来，带来报纸、书籍和廉价的色情图片。那是一捆明信片，这个胆怯、矮小的中国人会在大城市黑漆漆的夜里把它们供应给陌生人，绘声绘色地跟他们小声耳语着推销。这个中国人把这些明信片做成系列，穿行在一座座西伯利亚偏远的城市，把它们当书一样租借出去。之后他还会从订阅者那里把它们再收回去，并更换新的。这些图片都被几百人贪婪的手指抓得模糊了，像老旧的扑克牌一般。叶费诺夫、里昂和别尔泽耶夫会一起翻看这些图片，此刻的和睦与政治无关，纯粹关乎性。叶费诺夫保持着体面，但同时也沉醉于所有的细节。他皱起眉毛，手指装腔作势地捋着胡子，闭上眼睛，用批判者审视的目光透过眼皮之间的细缝看着卡片。但同时，与他的意愿相违背，叶费诺夫的嘴唇却张开了，和眼皮一样也有了道缝，他的舌头好奇地在牙齿之间慢慢游移，神色涣散，尽管脖子很粗，胡子把脸围了一圈，脸上还是露出了少年般的表情。里昂用手拿着夹鼻眼镜紧贴在眼前，不停地摇晃着脚，同时身体也陷入一阵轻柔的震颤。别尔泽耶夫平时黝黑的脸色下泛着红，看起来不像是脸红，而是体内另外一个人红色的皮肤从他黝黑的肤色里透了出来。他一向不耐烦，想更快地翻看，而其他人却似乎总是慢悠悠的。

这就是我的朋友，弗里德里希想。他是忠诚的，一腔热血、善良、聪明、谨慎，可以信赖。他能指挥一个军团。饥饿不能让他屈服，但一张明信片可以。我若是拿走这些画片会怎样？弗里德里希走到桌边，拿起别尔泽耶夫面前的那一叠明信片。别尔泽耶夫抬起手，想保护他的图片，但他没有把手放下，而是在空中举了一会儿，像是在宣誓。突然，他笑出声来。

“我为你惋惜。”弗里德里希说。

“这或许很可笑。”别尔泽耶夫说。两人再也没有说起此事。

几天之后，别尔泽耶夫突然直接说：“我睡了叶费诺夫的老婆。他和里昂在我们房间。”

由于弗里德里希没有继续问什么，他马上又严肃地说：“我只想通知你一下。”

这便是所有了。但别尔泽耶夫的艳遇像是给记忆打开了一扇新的门，弗里德里希开始想起其他成千上万的女人，这种思念与他对味道、气味和面包形状的思念是同一种。他想念那千百件毫无意义、毫无影响的小事。有轨电车到站，一名女子站在他前面，胳膊高高举起，手抓着从车顶悬下来的皮把手。她高挺的胸部和颈部形成清晰的曲线。脸看不到，但他听到这个年轻女子温柔地疾步从寂静的窄巷子走过，鞋子的回声像石板对她轻柔的回答。红丝绒马车上，希尔德灰紫色纤细的鞋。

红色上的灰色。这是他爱情的颜色。他想念希尔德，像爱国者想念生命的旗帜。那家卖手套的小店，翘起手指耐心地等待，纤纤玉手轻柔的游戏。袖子和手套边缘之间那条细细的手链。当弗里德里希拂过她的手臂时，自己的手感受到的温暖。许多短暂的触碰，无意之间，或佯装无意，几乎都不曾意识到的触碰。而另外一些，则像影子一样在身边倏忽而过。他撕毁了信。希尔德哭泣。弗里德里希记不清是否看到了眼泪，只是觉得听到了哭声。希尔德从小咖啡馆的门里走出去，弗里德里希透过半掩的窗子看到了她在街上的身影。希尔德消失在那个城市里。弗里德里希走出去，她已经看不见了。为什么会怀疑自己爱她？自己只是在 R.、在志向、在抱负面前感到羞愧。

好几周，弗里德里希只说些必要的话。那无尽的讨论听来像纷乱且毫无意义的噪声。无产阶级、专政、金融、统治阶级、军国主义。简单来说，必须用这些词，才能交谈。但这些词只囊括了他们想表达内容的很小一部分。将生命置于这些概念当中，就像长大的孩子还穿着短小的衣服。单单一小时的生命也有成千上万无法解释的神经、肌肉和大脑的运动组成。而一个空洞的大概念却想把这些都表达出来。

这个时候，有内容的词汇只有一个：逃离！

人们是可以逃走的。就好像从原本的生命体中搬出来了几年，现在居住在一个陌生的生命体之中。而在某个地方，自己原本的生命体像一所不该离开的房子，还在等着。逃走，逃离这个铅色的天空，这个没有面包的餐桌。这个想法现在像孩子的红气球一般飘浮在空中。生命是短暂的。六十年的自由也比不过在西伯利亚的十年。

“你怎么了？”别尔泽耶夫问。

天还长。傍晚时候云彩飘来，被月亮分散开。早上，云彩又出现了，红色的朝阳躺在里面。太阳很艰难地才能升起，它在为冬天做准备。当地人说，冬天比往常来得更早，他们已经看到了。中国商人不来了，报纸也越来越少，蜡烛和油也得自己想办法。

“我必须得逃走。”弗里德里希说。

“现在不可能，我们会自由的。”

“相信我，我每天都在想。”

此刻，里昂突然夺门而入，挥着一张报纸。

奥地利王储被枪杀了。

七

当天晚上大家都睡得很安稳，好像这不过是平常无奇的一夜。

同时，战争已经在欧洲酝酿。兵营里吹响了号角。大大小小的城市里，街角都贴着广告。一列列火车装点着绿色花环，驶离火车站。男人们穿上各色制服和帽子，配上枪。所有的女人都在哭泣。

一天，列列维奇上校同几位友人出现在科雷姆斯克，没什么特别的，之前也有小一些的军队来过。叶费诺夫很开心。报纸来得更勤了，好像被里面紧要的消息催促着似的。这个地区也热闹起来。

列列维奇来和朋友告别。

他在别尔泽耶夫的桌上留了一个蓝色的包裹。别尔泽耶夫没有看，站在门口，送别上校。列列维奇登上马鞍，最后挥了挥手。别尔泽耶夫回到房里，看了一眼包裹，一把抓起来，跑了出去，追着上校的去向。他大声喊着，但列列维奇似乎已经听不到了，变成了地平面上一个小黑点。弗里德里希抓住别尔泽耶夫。“这是为了我们！”他说，眼睛瞪得很大，面色苍白，气喘吁吁，泣不成声。

当叶费诺夫第二天一早醒来，弗里德里希和别尔泽耶夫已经不知所终。

八

因为害怕两个人一起行动会引起特务的注意，他们决定分开几天，然后再汇合，分段前往最近的大城市。先到的人等后到的，而后到的人也晚离开。若一人被抓，那么另一人也知道暂时不能露面。他们已经做好了随时落入警察手中的准备，但都更为对方担忧。与共同面对所有风险相比，这种无时无刻不在的担忧更能加固彼此的友谊，给他们带来朋友之间所有程度和层次的爱。他们就是彼此的父亲、兄弟和孩子。每次相隔几天后再见面时，他们都会相互拥抱和亲吻，开心地大笑。即使一路并没有遭遇真正的危险，他们也因为想象对方可能面临危险而时刻提心吊胆。虽然两人分开是为了保证至少能有一人不被捕，但都默默做好了准备，若对方有何不测，自己就去自首。

他们终于抵达了俄国的西部，看到了这个国家对战争的狂热。那是沙皇俄国最后回光返照的时刻，在日后看来，好像被世界历史的意志刻意地唤起，不过是为了欺骗这个濒死的体制。激进分子拥抱保守者，和往常一样，当危难之中陌生的人结成同盟，敌人相互和解，人们就会相信这个国家奇迹般的重生到来了。因为所有人团结起来的奇迹让人们相信，更不可能的事情也会发生。对人类的天性而言，敌意是如此熟悉，而和谐是如此陌生。人们匆忙地建立起一个个爱国同盟，发明了成百上千的新名字和标识，冲上街头，摧毁德文的牌号。

“真是匪夷所思，”当两人坐在酒店的房间里，弗里德里希对别尔泽耶夫说，“这些民众中的单独个体，放弃了自己的特性，甚至丧失了自己根本的天性。个体的人热爱生命，害怕死亡。但大家一齐，则舍弃生命，视死如归。个体的人不愿参军，不愿缴税。但大家一齐，他们就自愿加入，倾囊相助。一面与另一面同样真实。”

“我想知道的是，”别尔泽耶夫说，“这样的狂热能持续多久？它会不会转向自己的反面？此外，令我感兴趣的还有，其他国家的情况是否也相似？里昂说得对。德国社民党已经行动了。”

凭借列列维奇为他们搞到的证件，两人应该作为服役一年的志愿兵去沃里尼亚的炮兵团入伍。之后的路有两条：要么入伍，伺机被俘，然后从战俘营逃走；要么暂时躲藏在国内，等待机会在朋友的帮助下逃往国外，然后作为敌国侨民被拘留。两人当时还没有想到第三条路。是一次偶然拯救了他们。

在哈尔科夫，酒店的门房也要去同一个军团入伍，通过此人他们获悉，这个军团已经抵达奥利达境内的占领区。他们可以前去，但不入伍，而是混入占领区的城市居民之中，借助弗里德里希原先的关系在边境伪装成被占领的良民。

九

弗里德里希又到了脚镣球旅馆，这家旅馆总是在他的人生道路上。他让别尔泽耶夫在酒馆等着，自己走上台阶，前往老帕尔特哈格纳的房间。

门锁了，弗里德里希透过锁眼往里看。老帕尔特哈格纳在绿色的长沙发上睡着，和往常每个下午的两点到四点一样。睡觉，好像能抵御战争。房间里还是那些老旧的家具。一张展开的报纸放在桌子上，被蓝色的眼镜看守着。弗里德里希思量着，是否要叫醒这位老人。等着会很危险，巡逻队任何时候都可能进入酒馆。他敲了门。老帕尔特哈格纳跳起来：“谁在那里？”还是那同样的声音。门开了。“啊，是您啊！我们等您很久了。卡普杜拉克一周之前就知道，您和一位别尔泽耶夫同志逃了出来。可怜的年轻人，您离开很久了！您一定经历了许多！但现在您回来了！您还需要什么吗？”

一切都没有改变！弗里德里希想。帕尔特哈格纳和卡普杜拉克在等我，好像我只是过来玩上一局。他对帕尔特哈格纳说：“卡普杜拉克在这里吗？”“为什么不呢！他作为军医入伍了。您看到我们屋顶上的红十字旗了吗？可以说，这里是个没有病人的医院。卡普杜拉克第一周就加入了一支常胜的军队。一个很普通的军医。但其实是去刺探。凭借和指挥部的关系，他把健康的士兵带到我们这里，我们按照不同的处方给他们治疗，给他们平民的衣服、证件、注射药品、麻醉剂、麻痹和视觉障碍。可惜只有我一个人，儿子们都参军了。偏偏在这个时候。我并非担心他们有性命之虞。帕尔特哈格纳家的人不会死在战争中！但我年纪大了，应付不了这么多逃兵。”

帕尔特哈格纳这里的逃兵越来越多。对即将爆发战争的恐惧，转变成了对已经爆发的战争的恐惧。老帕尔特哈格纳坐在自己的旅店里，贩卖能化险为夷的良药，就像药店里在卖治发烧的药粉。

“您的朋友在哪？”老人问。

“他在下面等。”

帕尔特哈格纳戴上眼镜，讲究地在镜子前用梳子梳了梳白胡须，然后又转过身来。到此刻为止都是私人谈话，现在他准备好正式作为旅店老板，向一位陌生人提供自己所拥有的东西：安宁的尊严和心灵的安逸。

启程前夕，黄昏时分，卡普杜拉克来了。他穿着制服，看起来比和平时期要友善许多。当年他是个冒险家。今天，在巨大的惊险之中，他却成了个规矩的男人，没有放下自己市民的职业。

酒馆里很安静，有时能听到巡逻队沉重的脚步声，他们绕着整个城市侦察。在这里，人们或许会忘记正身处战争之中，在经过长期的战争准备之后，在边境，在这个战争的发源地。老帕尔特哈格纳坐在一本巨大的账本前算账。别尔泽耶夫趴在桌面上睡着了，只能看见他蓬乱的棕色头发。

“您要继续和他一起？”卡普杜拉克问，目光投向别尔泽耶夫的方向，像是伸出食指指着对方。

“他想途经罗马尼亚、巴尔干、意大利去瑞士。我想经维也纳前去。”

“您两位明天就出发。”卡普杜拉克决定，“作为瑞士红十字会成员。我来准备行程。”

他们睡在一间客房里。有几次，弗里德里希被远处的枪声惊醒，那声音在宁静的夜里悠长地回响，还有远处探照灯的白光，将地平线和窗子照亮。他梦见自己沿着田地里一条窄路奔跑。路通向一片树林。那是夜里。探照灯的一束光扫过田野，要找到弗里德里希沿着跑的那条小路。这条路没有尽头。能看到漆黑的森林就在不远处。但小路却总是突然转弯，绕开一块石头或者一摊水，弗里德里希立即决定离开这条路，径直在田野里跑，但森林却随即消失不见了。一片赤裸裸暴露在探照灯白光之下的天空平铺在世界之上，没有尽头。他急忙去寻找那条神奇的路，尽管心急如焚还是小心翼翼地一步步前行，生怕踩偏了，那片森林又会在眼前消失。

早晨，弗里德里希再次走在这个小城。商铺都关闭了，低矮房屋的窗子后也看不到任何人。方形广场上驻扎着士兵。马嘶叫着。巨型的锅里冒出温热油腻的香气。辎重车不停地在坑坑洼洼的石子路上行进，看似毫无目的。一栋房子关着门，石门槛上坐着一名士兵。他两膝之间夹着一个口袋，正低头往里看。当弗里德里希经过时，他惊觉地一把合上了口袋，抬起了头。脸色苍白，眉毛稀疏，眼睛很细，浅灰色。帽子斜戴在头发上，压扁了一只耳朵。他的黄色军装是亚麻的，过于窄了，以至于肩膀顶起了袖子最上端的一部分，让人想到穿着拘束衣的疯子。士兵的脸上看起来在笑也在哭，像友善，也像愤怒。“我吓到你了？”弗里德里希问。士兵点点头。“你袋子里是什么？不用害怕。”士兵随即打开了口袋，让弗里德里希往里看。弗里德里希看到银勺子、链子、烛台和手表。“你这是要做什么？”士兵耸耸肩，把头歪向一边，像个难为情的孩子。接着他祈求道：“给我你的表！”“你已经有很多表了！”弗里德里希说，“而且我没有表。”“让我看看。”士兵恳求。他站起来，把手伸进弗里德里希的口袋，里面只有证件、铅笔、旧报纸、一把刀和手绢。“是，你没有表。”士兵说，“那，你拿一块走吧。”他打开了口袋。“我不需要表。”弗里德里希说。“不！你必须拿！”他坚持道，把一块表塞进了弗里德里希的衣服口袋。

弗里德里希走远了。士兵追上他，手里的口袋摇晃着。“站住！”他喊。弗里德里希停了下来。“你把表还给我吧。”士兵用颤抖的手接过表。军官们吃完早饭来到这里，马刺锃亮，腰上系着皮带，散发着战士的优雅，这些让他们成为男性的楷模，也让他们与女模特相似。军官们扭着屁股，腰里别着的枪像装在套子里的首饰。街上的士兵们敬礼致意。军官们漫不经心地回应了一下，神色愉悦。他们往前走着，两旁是敬畏的问候、沉默的服从和浓情的忠诚，让人想起舞会大厅里被众星捧月的小姐们。

医疗车来了，绑着白绷带的伤员被抬下来，像从抽屉里拿出的石膏像。一匹将死的马躺在路中间，无人问津，而一名军官正骑马走过。他似乎和房顶一样高，像蓝衣的神视察人间。

当天他们就启程去了罗马尼亚。别尔泽耶夫继续途径希腊和意大利去瑞士，弗里德里希从匈牙利前往维也纳。两人约定在苏黎世相聚。他们带着红十字的袖章，卡普杜拉克给他们弄到的身份是瑞士疾控委员会工作人员。

十

弗里德里希在罗马尼亚与好友分开。当我知道他去维也纳的时候，完全不了解他为什么没有同别尔泽耶夫一起绕道从意大利前往瑞士。在战场上收到弗里德里希第一封信的时候——下文还会引用这封信中重要的一段，我猜测他可能在维也纳还有重要的事情要完成，或许是受到了其政党的委托。但他在维也纳并无任何事情。我不了解，一个在西伯利亚被监禁了一年多的人，还要犯险去大城市，只为了见一位朋友，甚至是一个女人。但弗里德里希应该没有其他事由。萨维里已经不在维也纳了。乌克兰的 P. 同志因为是敌国侨民，已经被拘禁在集中营达一年之久。R. 迁居去了瑞士——而且是战争爆发前一个月。没有军队的证件，弗里德里希每次出门都面临着危险。众所周知，所有人现在都是证件的影子。弗里德里希这个年龄的人应该都被征召入伍了。他在街上每一个警察的眼中都是可疑的。

那些巨大的征兵告示——他的名字肯定也在上面——破碎地贴在墙上，已经泛黄了。现在墙上还有通知，证明他那个年纪的人已经有很多阵亡了，他们已经开始腐烂。弗里德里希不能证实自己有任何一个国家的国籍，他很可能被捕，再次被送进监狱。在边境上，还有在路上，他都说自己是罗马尼亚人，正在回乡。人们相信了他，火车上有很多和他一样的人。一位检查证件的宪兵告诉他，这些人从遥远的地方来参军。这里的火车也装饰了绿叶。士兵们穿着与俄国不一样颜色的制服，唱着不一样的歌。一个月之前，他们都还是平民，无论在那里还是这里，几乎没有区别。他们怎么都突然会唱歌了？原来他们坐火车的时候，无论是喷着香水的游客，还是律师、官员，无论是游玩还是公差，他们都不曾唱歌。他们不敬畏死亡吗？他们只看重戴着庄严勋章的死亡，这些勋章只有每隔一段时间，在肃穆的墓地，在棺材店和遗体火葬场才会颁发。

“我渐渐明白了自己原先对专制的愤恨，”弗里德里希有一次给在前线的我写信，“我反对的只是当下的专制。它毫无法律依据。就像在火车里唱着歌奔赴战场的会计现在是位英雄一样，那么同样，警察也不是警察，部长也不是部长，皇帝也不是皇帝。这些在和平时期看不出来。但现在，千百万律师和老师突然成了军官，这也揭露了职业军官是多么不合法。尽管极力伪装，这个社会的荒谬还是名目昭彰。

“我加入了一个年轻工人的协会，这您是知道的。周四晚上总有活动。我在走廊里读着议程单。报告的题目有:《同盟国与战争》《社会主义与德国》《沙皇制度与无产阶级》《中欧思想与民族自由》。我去找协会主席，一位年轻的金属行业工人。尽管很年轻，但他不必服兵役，因为他在一家弹药厂工作，而且掌握专业知识。‘哦，同志！’这位年轻人很兴奋。衣服的扣眼里别着一枚徽章，形状我说不清，由十字、星星和锤子组成。一位在弹药厂工作的绘图师设计了这个标志，现在受到了官方的认可，是后方英雄——金属行业工人——的勋章。‘太好了，您逃出来了！’这位年轻人说，‘您什么时候入伍？您愿意走之前给我们做个报告吗？我们现在人不多了。大多数人都应征入伍了。’他说话口气好像是常委会的主席，桌子上放着一叠红色的战地明信片，一枚他自己用工厂正在生产的榴弹壳做的烟灰缸。墙上挂着一幅印着卡尔·马克思的海报，角落里斜靠着一卷被绳子缠绕着的红旗，让人想起卖花人夏天撑在摊子上的太阳伞，不过是收起来的。因为外面现在正下着雪，我陷入一种奇特的迷惘之中，好像这面旗子真的是把伞。”

他想起了格林霍特。格林霍特就像一种药，一种用过几次很有效果的药。格林霍特是个无法摆脱困顿的人，被社会所排挤，战争也没有让他走出这种命运。由于社会现在正值战时，弗里德里希以一个没有经历过战争的人的经验推断，有前科的人肯定是好人。

格林霍特高兴地跳起来。“您来啦，您进来！”他说，把弗里德里希拉到桌边，点起一盏煤气灯，灯开始嗡嗡地散发出绿色的寒气。但格林霍特还是用火苗烤着自己冻僵的双手。

弗里德里希讲述了自己的逃亡，格林霍特在屋子里来回走着，搓着手。“真是件壮举！”他说，“在上战场之前，您应该受到嘉奖！应该登在报纸上！真是位英雄！真是位英雄！”他开始说起战事，巴黎即将被围困，兴登堡进军彼得堡，说起一个中队今天刚刚从他窗下经过前往火车站，说起自己终于有希望能平反。格林霍特现在把自己不愉快的旧历史称作“悲剧性事件”。他已经向政府提出了申请，申请中他表示自己多年前曾服役一年，而且还是通过了军官考试的上士。他还有一份抄写稿，说着从口袋里拿出读了起来。他写到了这个特殊的时代，写到了祖国和皇帝，还有“年少轻狂”，已经渴望作为一名军人和一名正直的人去死，用壮丽的死亡弥补自己堕落的一生。虽然不再年轻，但他想去前线。

格林霍特擦去额头上的汗珠，尽管冻得通红的手说明现在很冷。他现在又热又冷，头和身体不在同样的气候之中。眼下，格林霍特说，没有抄写地址的工作可做了。一位制作军服的裁缝给了他些活计可以在家做。他每三天去裁缝店取二十条军裤和一百五十颗扣子，把扣子缝好三天后送回去。他的活做得很认真。其他人每个扣子只缝一针，士兵们第一次扣裤子扣的时候，扣子就掉了。这些人毫无良知。但格林霍特缝扣子非常仔细，扣子像钉在裤子上一样。其他人在家里做这种活计都要接受随机的质量抽查，但格林霍特不用，人们相信他的话。而且他得到的工资也高一些。但现在状况还是不太好。塔尔卡太太那里的顾客越来越少了。男人们都入伍了，女人们成了护理员，她们学会了小心一些，避免怀孕。现在风气如此。性事不再是什么秘密。女儿们也不再那么惧怕父亲。塔尔卡太太提高了房租，这让他很为难。因为房子可以很轻松地租给东边来的难民。格林霍特只能用有可能平反的事情先敷衍着她。

“我们去吃饭吧？”

好的。他们去了救济厨房。

天气变了，一阵暖风吹来，雪变成了雨。受轻伤的和康复期的士兵拄着拐杖，缠着黑色和白色的绷带，有些被看护员搀扶着胳膊。路灯的数量减少了，橱窗里的灯也早早熄灭了，有些商店关了门，因为店主应征入伍了。放下的铁门让人想起坟墓，而解释店主为何不在的告示则像是墓碑。一些街道非常昏暗，甚至能看清块块云彩之间的星星。大自然侵入了城市的路灯和房屋之间。窗玻璃也是暗的，上面倒映出天空和云彩。

救济厨房里微弱的灯光比和平时期显得更明亮而友好。现在坐在长桌子边的女人比男人多，她们聊儿子和男人，从口袋里拿出揉皱的战地来信和旧报纸。几个白头发的男人沉默了一下，算是给格林霍特打了招呼，他们在聊政治。被这些人称作“博士先生”的格林霍特给他们讲解同盟国的战略局势，用拿破仑的先例安慰他们不需为俄国人进军加利西亚而忧心。拿破仑的惨败正是要归咎于 1812 年远征俄国。“我昨天自愿报名参军了！”格林霍特说，好像这是最终、最有力的证据，能证实自己的观点：同盟国定会取得胜利。老人们摇着头。你多大了？他们问。“五十二岁！”格林霍特强调，和之前他说“三万战俘”时用着同样的语气。

弗里德里希突然发现，墙上挂着一幅巨大的彩色油印画，画中是盛装加冕的皇帝。这幅肖像画和平时期就在这里，只不过挂得太高，而且蒙尘太厚了，以至于弗里德里希一直以为这是一幅山水画。现在，它挂在一个能看清的位置，好像每个走进来的乞丐和穷人都重新宣誓效忠一样。

十一

弗里德里希的钱大概还够用一个月。别尔泽耶夫把现金分给了他。弗里德里希在等朋友从苏黎世寄来的信。他没有能在警察那里证实身份的证件。弗里德里希还住在原来的地方，裁缝家的一间小室里。裁缝由于身体孱弱被暂时拒绝入伍，这样的幸运让他待人格外友善。他提醒弗里德里希要警惕女人，建议弗里德里希告诉女人，自己随时都有可能收到入伍的电报通知。

弗里德里希害怕邻居，害怕匿名的举报，害怕警察的眼神，甚至害怕格林霍特这个爱国者。

弗里德里希希望再见到希尔德，于是给她写信，请她来咖啡馆。他在角落里等着，对面坐了一位老先生，报纸挡住了脸，只能看见中分的雪白头发。老人一动不动，没有放下报纸，也没有翻动。好像是睡着了，但闭着眼帘继续在看报纸。老人面前的桌子上放着一满杯水，没有被动过，被一页报纸盖着。他或许读的是一张非常老旧的报纸，宣告战争爆发的那一期，没法放下。右边墙上挂着一面长而窄的镜子，镜子从来看不全，总是被某个客人的背影挡住，只能在走过的时候匆忙地看上一眼。但现在，弗里德里希第一次看到了自己的脸，尽管他是坐着。整个房间里只点了两盏灯。天色渐晚，挂着镜子的墙也处于灰暗之中，镜子似乎离房间明亮的部分很远，好像把燃烧灯火的镜像缩小在它无尽的深渊里。弗里德里希看着镜中自己的脸，似乎是在看一个陌生人。他不用转头，目光斜视就能看到自己的侧影。他惊异地几乎认不出自己。嘴很扁，下嘴唇突起，把下巴也带了起来。头发掉了，额头亮白地隆起，从太阳穴开始就闪着银光。鼻子轻微地垂下来，在嘴的上方看起来很悲伤。

希尔德进来时，窗子后面已经泛起夜色。弗里德里希走向她。久久看着她的脸，就像刚才看镜子一样。他想在她的脸上找到些变化，找到时代的阴影。但她平滑的脸上，过去的几个月像夏日和煦的风拂过，时间没有在她的脸颊上留下任何痕迹。她的眼睛永远闪着深邃的光，皮肤上的寒毛有轻柔的银色亮光，嘴唇红润丰满，每做一个动作身体都随之优雅地摇曳，好像四肢有头脑、神经有理智一般。弗里德里希等着她说出第一个音节，就像在等一份礼物。他想看到她，同时又听到她。侍者过来，她打了个招呼，像是拯救了弗里德里希。“我该点些什么？”他问。他又能听到她的声音了。

希尔德已经知晓了他的命运。她曾多次来过咖啡馆。有一次，R. 坐在她的桌边，跟她讲起了弗里德里希。但现在是战时。他现在有了双倍的理由去为反抗沙皇而斗争。自由精神现在和爱国情怀伟大地重合起来，所有的等级差别和阶级矛盾都消解了。她觉得这样很好。她终于有机会去了解这个民族，因为她现在每天上午都在医院里照顾伤员。最后，是那个不能回避的问题：“您什么时候入伍？”

“下周。”弗里德里希机械地说。

希尔德问他明天下午能不能去她那里，她的一些老朋友还在，当然，其中一些是穿军装的。

“不！”弗里德里希说。但他看到希尔德脸上掠过一丝阴影，这份“我会思念你的”悲伤之情打动了他。“好！”他更正道，“我来。”

在冯·迈尔科尔家的前厅，弗里德里希就发现祖国正处于危险之中。镜子两侧的衣钩板上挂满了军帽和带有金属纽扣的蓝色军大衣，和平时期用来放雨伞的壁洞里放着两把军刀。弗里德里希把帽子交给女仆时，看到对方带着轻微的蔑视把它挂到了一个不起眼的挂扣上，在两件寒酸的深色平民大衣边上。女仆与随军小贩有些许类似。

冯·迈尔科尔家大多数的朋友都入伍了。冯·迈尔科尔先生本身就是上尉，目前还是火车站的指挥官。他每天去铁路两次，以极大的热忱去视察出发的军团和到达的伤员。这份异于平常的活动让他深感舒适。数十年来，他每天都走过的只有某两条街。火车站他每年也只匆匆去两次，去度假和从度假地返家。如今在火车站的时光让他开心地自以为，在多年单调的办公室工作之后，现在正身处这个激荡国家的中央。由于和战争部有关系，他掌握了政治上和司令部里多方的消息，因而安心地认为，只要有可能，自己就会一直留在维也纳的火车站。他从来没有想过，自己得到的提携并非完全等同于对祖国的热爱。他认识不到爱国和生命危险之间的联系，也不明白战争的直接后果是死亡，而非生活的调剂。和许多同胞们一样，冯·迈尔科尔先生不理解，惯用语“战死沙场的荣耀”也意味着死者生命不可挽回的终结。

冯·迈尔科尔先生的女管家现在还自我安慰地希望，在战争胜利后能成为雇主的妻子。战争在最初的几个月里便马上推翻了一些社会偏见。不过，这些偏见虽然愚蠢，但与战争相比，并不算多么恶劣的道德错误。人们看到一个新时代的到来。由于被迫为无产者捏造英雄和骑士的贵族特质，冯·迈尔科尔先生这个社会阶层的人便自以为已经变得民主起来了。一些小户人家的姑娘，与大财团和贵族家庭儿子们有所谓的“男女关系”，并趁此幸运的机会，借着仓促的军婚成为白马王子的合法妻子，而不是像和平时期那样，得到一家洗衣店或手套店作为和解的补偿。经过漂亮女儿们的介绍，数百小市民和贵族社会有了联系，他们入伍的话就成了卫生兵。人们不再怀疑爱国之心的凝聚力。所有女人都在看护伤员，或者发展出其他的善举。人们甚至把衣服送给陌生的烈士遗属，这些衣服原本是要趁着对方提出涨工资的要求前送给女管家的。人们还把金戒指换成了铁的，尽管上面的钻石还是保留了下来。还有表链，尤其是那些不时髦的，也换了。无论往哪里看，都是铁。为了父母满意，很多儿子身处生命危险之中。还有那些原本挥霍金钱的废物们，也得到了原谅，因为他们现在是英雄，而且也无法再挥霍了。死者的母亲展现自己的悲伤，像将军穿着金领子。阵亡战士的死成了遗属们的嘉奖。那些从事非危险性工作的英雄们，他们的家属也同样很骄傲，好像同样在为一名死者而悲痛似的。在这个“严肃的时代”，阵亡战士的母亲和生者的母亲之间微小的区别被擦拭掉了。一切都是悲剧，每个人都觉得在自我牺牲。

墙上第三次入伍体检的通知旁边，已经贴出了第一次战争借款的通知。肖像画家也穿上了军装，不过样子很奇特，不知由哪位军方官员所发明。对艺术家参战，人们还未做好充分的准备。战争新闻部无法容纳如此多的画家、作家、历史学家、记者、戏剧批评家和戏剧顾问。记者们穿着皮绑腿，佩戴左轮手枪和袖章，袖章上用金色字母绣着“媒体”的字样。戏剧评论家进入了战争档案馆，他们可以穿平民的衣服，以便不显露士官的身份。画家则仍是发挥自己的想象力，他们为军队领袖制作肖像，将军医院的墙画得更亲切美观，还写了很多日记和书信，这些都会作为文学爱好者的作品发表出来。此外，他们还会去医院做检查，一般都罹患各种疾病，各种阻碍他们使用枪械的疾病。一些戏剧顾问已经开始撰写军团历史。

由于希尔德涉足文学、艺术史和艺术，冯·迈尔科尔先生的家里不仅聚集一些军人，还有画家和作家。弗里德里希在他们的目光中读到了敬重和好奇。由于具有革命思想，还有西伯利亚的经历，而且被想当然地默认有反抗沙皇的决心，弗里德里希符合人们对自由精神和爱国热情相统一的想象。而且单单他的出现就证实了这种统一。

一位文雅的讽刺作家 G.，懂得如何用细腻的语言将颓废的态度、高尚的举止和高昂的债务结合起来。他和 K. 男爵在深入地讨论启蒙时期的法国文学。他避免谈论时事，因为他是个怀疑论者，他的话可能会破坏大家普遍的乐观精神。如果让他坦言自己的观点，现在这样舒适的工作和平民的衣着就结束了。但是为了显得自己并非是个与祖国毫无关系的人，他说："战争时期，恰恰是静心思考的时期。我从来没有如此广泛、如此不受打扰地阅读。我现在在读法国人的作品。能更好地了解敌人，给我带来一种特别的愉悦。他们既凶残又聪明。是所谓的'理性'驱动着整个民族。不过我当然十分清楚，这样健康的人类理性能孕育出节俭的小资产阶级阶层，但无法塑造一个英雄的民族。在大机遇面前，良性的疯狂是好的。"

希尔德微笑着，跟作家交换了下眼神。她知道，这是在为她说话，而不是和那个中尉。她不太看好这个骑兵。因为当作家和其他"有思想的人"——这个词组用得越来越频繁——哪怕只说起最简单的战况，而且方式是默认其真实性不过是捕风捉影，这希尔德很喜欢。此时，这个中尉就会说起些名字、数字、公里数和番号，这些都让她感到无聊。尽管他没有说什么别人不知道的事情，只不过演绎了一些，仍然显得好像他是唯一一个知道什么是战争的人。

除了这位中尉，所有在场的男人之中，只有希尔德的父亲是她鄙夷的对象。这位部长自开战之后才开始参加女儿组织的活动，这个大事件让父亲改变了很多。所有那些不能产出军官、公务员、外交官和大庄园主的社会阶层中，有一个最令他痛恨，把这些人称作“波希米亚人”，对这些放荡不羁的艺术家，冯·迈尔科尔先生还有一种幼稚的想象。现在，他已经被战争情绪所洗礼，而且和所有人一样，自认为门第差别已经被消除，认为那些穿着休闲装和骑马裤，为后方军医院和后方指挥官作画的画家也属于英雄的行列。但即便如此，这些艺术家有时还是会让他微微吃一惊。比如，当别人要讲些激动人心的事情时，画家 P. 就会手舞足蹈的，好像这样的组合能帮助他更好地倾听。还有戏剧评论家 R.，他会在大家都很安静的时候用牙齿折断一根火柴。冯·迈尔科尔先生的少年时期在一个隔绝世事的贵族学校度过，因此他有些无知，不明白这些人的做派并非艺术思想的自由外化，而是小市民阶级拙劣教育的结果。他觉得，这是表达艺术家气质的一种方式。

弗里德里希环顾四周。一位刚从前线回来的战地记者，在和一名少尉说话，此人战前是法学家，两人在谈论军队耀眼的装备。战地记者接下来要去比利时，记录那里的盛况。一名中年的自由党议员，当时还没有义务兵役制，在向一名一年志愿兵讲解，战争必然会给教权主义以致命打击，那些无教派的学校也不过是几周就能解决的问题。一位讽刺作家在和希尔德聊天。他让那个骑兵傻坐在那里，尽管两人的椅子是挨着的，但文学家和军人之间却隔着一个世界，这个世界里充斥着法国启蒙文学。作家的嘴边现在又挂着微笑，这微笑像胡子定型器一样，可以随意摘下和戴上，可以被他用来打动女人。他的西装，他的领带，他的仪态，他的发型，都是整个上午精心准备的结果。现在拥有穿便服的特权，但这精致的便服是一种质疑和反抗。同时，也是一种挑衅，在这个完全被制服化的世界里像一个过错。单单他尴尬的领带结，就是对这个混乱时代的反叛。作家的目光里充满了温柔的批判，好像追随着希尔德的每一个动作，并把这些都记在脑子里。这目光包含了天才忧郁的断念，因为这位天才已经屈从于审查制度，每一件战地新闻都必然让他想到许多，但这些都只能埋藏在心底最深处。他比那位画家更令弗里德里希憎恨。

弗里德里希看着希尔德。她脸颊上带着一丝绯红，说明她感到自己是这个精英群体的中心，大家爱慕她，她也尊重大家。弗里德里希问自己，是否在她享受着的这份爱慕和她报之以的这份尊重之间，有什么因果关系。被其他人包围着的她，显得那么陌生而遥远，几乎带着敌意。弗里德里希想去掉她每一个动作的直接意义，把她从那个世界中分离出来。他想消解掉她每一句话的含义，好再去享受她令人爱恋的纯净嗓音。他爱她的声音，但不喜欢她说的话。他爱她的眼睛，但憎恨这双眼睛看到的一切。

十二

八月，乌克兰人 P. 同志被释放了。如今大家都知道，俄国革命者这段时间是同盟国集团的自然盟友。P. 被释放无疑有政治原因。他留在了维也纳，当局知道此事，甚至支持他。P. 回来几天后，弗里德里希就踏上了经德国去瑞士的旅程。P. 一直——即使在被关押的那段时间——都和苏黎世有联系，还有勃兰登堡 M 市的托姆金同志——秘密警察和同志们之间的中间人。P. 一点都没有变，还是强壮而洒脱，跟原先一样。战前那几年，还有他生活的困窘，在集中营里的遭遇，好像都被看作是一种必须要通过的体能训练。他毫无畏惧之心，不仅因为勇敢，还因为肌肉强壮有力，肌腱和神经都坚韧无比，鲜红的血液健康充沛，这些都压制住了恐惧的感觉。他像一棵树一样不会害怕。但他和每一位无畏的人一样，都知道害怕并非总是懦弱的结果，还是身体和神经结构的特质。

“您的害怕是多余的。”P. 对弗里德里希说，“如果您被关押起来，您也很快能自由。我们现在是所谓的盟友，受到权力机构的保护。咱们那些同志甚至都获得了护照。您也会有的。您现在去 M 市，这是地址。您去找地址上的这个男人，他会给您一些钱，还有去瑞士的证件。请问候同志们。我暂时留在这里。或许我会穿过前线去俄国。”

他说“穿过前线去俄国”就像在说一次散步。打算和去同志们会面，就好像其他人约定去某个著名而时兴的郊游地点。他稳如泰山地坐在旧沙发上，对一个普通成年人来说，这个沙发够宽够大，但在他魁梧而强壮的身躯下，却显得又窄又短，似乎要断了。

“为了不引起任何不快，您将坐头等座。”P. 说，“您将和高级军官、军需供货商一起，没有哪个宪兵敢让您出示证件。但如果真的遇到了，您就大闹一场，斥骂所有挡您路的官员。”

两人缓慢地走在路上，P. 像市长一样闲庭信步。“谁要是长得像我一样，”P. 说，“就不会在中欧地区引起任何怀疑。德国人和德语文化圈里其他小民族，都对宽肩膀有坚定的信任。比如说，赫岑多夫[①] 身材修长、优雅，您可以比较一下兴登堡和隐藏身份的赫岑多夫谁更受欢迎。但俄国的将军

---

① 奥地利陆军元帅，一战爆发时任奥匈帝国军队总参谋长。——译者注

和德国的一样，肩章都很宽。像您这样单薄的小伙子会引人怀疑。”

为了确保弗里德里希的安全，P. 送他到火车站。带着那份与生俱来的平易近人，P. 把弗里德里希交给列车员照看。“亲爱的先生，”他说，“我的朋友病了，请多多照顾。”“谢谢您，阁下。”弗里德里希大声说，让随行这辆火车的宪兵能听到他的话。“您要规规矩矩的。”P. 说，然后告辞离去。当 P. 迈着坚定的步伐离开站台时，列车员和宪兵都敬了礼。

弗里德里希独自一人留在车厢里。一名德国上校和一名奥地利少校上了车。他们相互致意。现在是战时，可以确信，头等车厢里不会有平常旅客。谁现在乘车而且还穿着便服，肯定比穿军装的还要位高权重。聪明的军官们已经习惯了，把他们在头等车厢里遇到的穿便服的人当作上级来看待。

列车员在马上开车的时候还放了一个旅客上来，这让这两位军官很不快，更不满的是此人在和平时期顶多配坐头等座。两人交换了下眼神，把眉毛惊愕地挑得很高，还愤愤地皱在一起，但同时，嘴唇上的胡须却微笑了起来。他们挤在一起，好像要共同反抗什么似的。这位不受信任的乘客似乎什么都没有看到。因为其他人缩在一处，他坐得很舒适自由。这人是高度近视，夹鼻眼镜厚厚的镜片、一直探在前面的脑袋和总在寻找什么的动作都说明了这一点。他显然是急匆匆地来赶火车，因为能听到呼哧呼哧的气喘。他腿短，坐下时脚离地面还有点距离，脚尖一直在找地面。圆圆白白的手放在膝盖上，手指不出声地敲着裤子柔软的布料。

黑色的山羊胡子里有了一些花白的胡须，让这位先生看起来像银行的高级经理。“是名代理人。”弗里德里希听德国上校小声说。“是名随军拉比。”奥地利少校同样小声回应。

这位现在还不知其职业的男人友好亲切地看着自己的旅伴。他的喘息声渐渐停了下来。可以看出，他对自己目前的境况很满意。

终于，他站了起来，先向上校，然后向少校，微微鞠了躬，最后向弗里德里希也轻轻点了点头。“聚斯金德博士。”他说。他的声音比身体要显露出更多的自信。

“您或许是随军牧师？正赶去部队？真令人敬佩。”奥地利少校说，这时一丝阴影在德国上校沉默的脸上掠过。“不！”男人说，又坐下来摇晃着腿，“我是一名记者。”接着说了一家自由报的名字。“啊，是战地记者？”少校问。

“我去了您的故乡，游历了奥匈帝国。”记者严肃地回答。“这样啊，但愿您喜欢那里。”少校轻松随意地说。

“可惜并非一切都喜欢。”记者说，“我有机会和好几位重要人物交谈，还有一些虽无职位但满腹才华之人。看来在奥地利——在我们的盟友这里，”他更正道，同时清晰地把头扭向德国上校所在的区域，“没有较强大的中央集权。组织制度还有许多可以改善之处。奥地利人活泼开朗，他们所统治的各个民族还未实现文明化。只要我们在战斗，就能让各种民族要求逐渐平息下来。是的，先生们。”少校问他去过哪些民族地区。

“例如波兰。”记者回答。在克拉科夫吃得很好，但睡得很差，因为害怕虫子。在布达佩斯他曾一晚上看见了两个臭虫。匈牙利人不愿和他讲德语，尽管他们都听得懂。一位匈牙利轻骑兵少校人很友善，却不知炮兵在西线的重要性。

“前线还有虱子。”奥地利少校说，好像想讲另一个完全不同的故事。但他没有再说下去。

在普雷斯堡，记者说，曾听到士兵们在酒馆里说一种斯拉夫方言。“很像斯洛伐克语。”他认为，“很少出现德语单词。”

“或许是捷克语？”少校说。

“有可能，”记者回答，“但两者不都一样吗？”捷克语并没有什么不同。

“巴伐利亚人就听不懂普鲁士人在说什么。”少校说。

“您错了。”记者激动地说，“那都只是方言。”他开始赞颂德国各民族的统一性。他一直看着德国上校，但对方却看向窗外。

上校突然转过身，问：“说到方言，您是来自法兰克福吗？”

“不，来自布雷斯劳[1]。”记者用坚定的声音回答，像个军人一般。

“也不错。”上校说，又继续看风景。

“你从事新闻工作，”奥地利少校说，似乎才意识到记者和报纸有关系。“第七种权利？”他询问道。

记者笑了。“现在，”少校继续道，“您应该比我们更清楚，战争什么时候结束。您怎么看？”

“这谁说得准！”记者回答，“我们的军队深入敌国。民族空前统一。社民党人也和其他人一样在战斗。这样的奇迹原来谁又能想到？您现在去德国？您将会看到，所有阶级和宗教之间的分歧在我们国家已经停息了。一直以来天主教和新教之间的斗争也成了历史。”

“真的？”少校说，“那与犹太人的矛盾呢？”

记者沉默了，上校也只是笑着看风景。

“数量逐渐减少！”这位留胡子的男人说，但他其实想说：已经没有了。

“我们那里的犹太人很固执。”少校坚持不放。

“抱歉。”记者说，然后离开了车厢。大家看着他从门里走出去，先向右，又向左。

---

① 即现波兰城市弗罗茨瓦夫，布雷斯劳为其德语名称。——译者注

“有人！”是上校的声音。——好像使用中的厕所是一个地理事件，他说：“他来自布雷斯劳。”

记者重新坐回位子上之后，开始说起巴黎的战事，他曾为报社在巴黎工作过几年。记者谈到了巴黎针对德国人的一系列措施，而且好几次提到德国大使以及几位军方专员、大使馆参赞的名字。他与德国使馆工作人员乘坐同一辆火车离开巴黎，而且此事被他赋予了一种特殊的意义。在他的讲述中，有一句话出现了大约十次：“我们，几十位德国人。”上校还是看着窗外的风景。德国使馆人员和聚斯金德先生一同离开敌国这件事，似乎和他毫无关系，还没有他国军队的厨房有意思。记者说了很多军方专员的事。奥地利少校没有再继续听，他拿出一本笔记本，问道：“博士先生，您知道犹太人的笑话吗？”因为记者没有回答，少校开始自顾自地朗读笔记本里的笑话，所有的笑话都以这样的句子开头：“两个犹太人坐在火车里。”上校严肃地看着少校，眼神里是绝望和责备。记者出于礼貌，脸上挂着僵硬的微笑，从头到尾，这笑容一直都没有变过。只有弗里德里希笑出声来。有一次，少校使用了一个犹太人的切口，这个词已经进入了德国笑话和时装设计领域的语言之中，因此少校以为，所有在场的人应该都知道。但记者饶有兴趣地问这个词是什么意思。“什么？您不知道是什么意思？”少校问。“不知道。”记者回答，但渐渐地，他想起自己曾经在埃及听到过一个有相似发音的土耳其单词。他说起埃及，好像这个国家在他们民族的历史中并没有特殊之处。上校似乎仍觉得风景更加有趣，正加倍专注地看着窗外。

火车逐渐接近德国边境。少校讲完了笑话，翻着笔记本希望能找到被遗漏的其他趣事，但他什么也没有找到。

记者变得不安起来，他站起身，明显十分吃力地从行李网架里拿下箱子。

“您要下车吗？”上校问此话的时候眼睛没有从书本上抬起来，而且语气好像在说：我们终于摆脱您啦？

“是的，上校先生。”声音里满是军队的森严。

火车开得越来越慢，前方火车站的标志出现在视野中，记者拿起箱子走向走廊，又返回车厢，让人意想不到地啪的一声把鞋跟碰在一起，向大家告别。

奥地利少校跟他握手，说：“很高兴认识您。”这让普鲁士上校面露不悦，他只是说：“我也是。”但语气像是在诅咒。

记者站在站台上，妻子在欢迎他。她戴着宽大的黑色羽毛帽，平得像放在头上的盘子。耳朵冻得通红，手里拿着一把伞，伞柄是兽角制的，套了黄色的编织。

火车又缓慢地开动了。

十三

这就是记者聚斯金德，弗里德里希心想。他知道这个名字，也读过那家报社的报纸，聚斯金德名字的缩写时常出现在版面十分显眼的位置。聚斯金德的写作风格与同事们相比可谓出类拔萃，完全没有不敢承认自己犹太人身份的卑微。“这个聚斯金德，”上校说，好像要把弗里德里希的思路继续下去，“最好不要太招摇。”

火车晚点了，弗里德里希下午才抵达M市。M市是座小城，城里正下着雨。大多数房屋都是深红色的。城市中心有块正方形的绿地，绿地中间高耸起一栋红砖的建筑。那是一座新教教堂。

教堂入口对面，是一座红砖建造的“男女生同校小学”。小学右边矗立着红砖的财政局，而左边是带尖塔的市政厅，同样也是红砖建筑。

商店的橱窗里放着一些皮具、纸张、士兵用的腕表、冈霍费尔的小说和保暖腕带——前线的圣诞礼物。

男女同校的教室里传出清亮的童声合唱：“故乡，故乡。”有时，一辆深绿色的有轨电车摇晃着快速经过，发出急促的铃声。雨下着，密集而缓慢，雨水单调地从低沉的铅灰色天空落下。自世界被创立以来，天空蓝的时间还不曾超过一个小时。

下着雨。一间又大又空的咖啡馆，宽敞的窗玻璃上贴着爱国标语和呼吁讲纯粹母语的标语，例如：“不要说英语的‘再见’，用德语说‘再见’！”“不要用罗曼语的舌音讲话！”旁边还有明信片，上面用加粗的字体印着特奥尔多·科尔纳的诗歌。弗里德里希在这里坐了下来。服务员给他端来了一杯淡咖啡，咖啡的边缘透着粉色的光亮。他坐在窗边，看着雨水落下。市政厅的钟敲响了十二点，弹药厂里走出来许多女工及零星几个男工。这是一群沉默的人，只能听到他们走在湿漉石板上的脚步声。其中那些年轻的姑娘也不说话，她们走在那个混乱队伍的最前头，因为她们腿脚比其他人灵活。时间还有很多。托姆金下午五点才有空。

弗里德里希登上一辆有轨电车。车是空的。一位女售票员卖给他一张票。女售票员把头发束紧在脑后，耳朵露了出来，看起来像个男人。她胸前挂着一只铁皮喇叭，像枚胸针。这个可怜的女人戴着夹鼻眼镜，大步走过摇晃的车厢，像暴风雨时甲板上的老海员。车厢里一个人也没有，弗里德里希问她是否想坐下。她扶着眼镜看向他，说：“售票员禁止坐下。”她使用的词语表示的是男性售票员，深信自己是其中一员。弗里德里希觉得这个复数的阳性名词有冒犯之意，激动地说：“但您不是男售票员！”“我提醒您注意，”她回答，又把眼镜对着弗里德里希，“这是羞辱公务员的罪名，我可以举报您！”这里，弗里德里希想，是倍倍尔[1]曾生活过的城市。女性与社会主义。这个国家是无产阶级思想的发源地。这里的无产者组织得最严密。

女售票员依然来回走着，好像她有乘客要服务一般。她要举报我，弗里德里希想。尽管他有足够的理由去避免和官方的任何接触，但弗里德里希还是留在了车上。

车抵达了终点站。弗里德里希还是坐着不动。女售票员走向他，说：“请下车。”“我再坐回去。”弗里德里希说。“那么您必须再买一张票。”“当然！”

“并非一定如此。”女售票员说，“我可以让您不买票坐车回去。”眼镜还是一直盯着他。

“请您对我友好一些。”他请求。“我在工作！”她回答。

弗里德里希又乘车穿过整个城市。没有人上车。“您的旅客一直都这么少吗？”他问。“乘客！”她更正道，但没有回答问题。

弗里德里希最终不再说话。他从混沌的车窗玻璃看出去，读着外面的路牌，还有体检告示。最后他下了车，又在咖啡馆

---

① 奥古斯特·倍倍尔，与李卜克内西共创德国社会民主党。——译者注

里坐下。服务员没有问就端来一杯啤酒。

雨一直下着。

他让人拿来一张纸，开始给希尔德写信。这是一封极为特别的情书。其文如下：

尊敬的小姐，当我告诉您下周入伍时，说的并不是实话。我不会入伍。我现在正前往瑞士。我没有机会跟您说自己对这场战争的想法，也不愿去寻找机会说。您已经非常了解我的人生，所以应该知道，我不是一个懦夫。当我告诉您，不会入伍，不会去为了您的弗朗茨·约瑟夫，为了法国军事工业，为了沙皇和威廉皇帝而战斗，并非因为害怕死亡，而是因为我要为了真正的战争而保存自己。我将在瑞士等待这场战争的爆发。那将是一场推翻这个社会的战争，推翻爱国者，推翻您交往的那些诗人和画家，推翻亲密的家庭，推翻父辈虚假的权威和子女虚假的顺从，推翻进步，推翻您的妇女解放。总而言之，推翻资产阶级。愿意同我一起加入这场战争的，还有另外一些人。但人数不多，只有少数人的个人命运使其为这场战争做好了准备。即使我了解什么是家庭，我也憎恨家庭。即使我在爱国教育中长大，我也憎恨某些爱国标语。

我的信念已经成为我的热情，因为我就是那个您字典中所谓的“失去故乡的人”。我将为了这个世界踏上战场，而战场就是我的家乡。

我给您写这封自白书，因为还要向您坦白另一件事，就是我爱您。或者——因为我不相信市民阶级词典里的那些概念，也不相信您那个阶层时常用错的词汇——应该说：我认为，我爱您。当我第一次看见您坐在车里的时候，您就成了我奋斗目标的一部分。虽然那是什么我并不特别清楚，但我仍将其设定为我的目标。您是我曾努力追求的目标之一。但这个社会的无能很早就显露出来，比我当时想象中的还要早。即便我并非坚信必须去摧毁这个万恶的世界，即便我只是一个自私自利的人，我仍然无法去追寻那一种虚幻的权力。今天，我已经有了另一个不同的目标，您也不再是这个目标的一部分，但我仍然无法停止去想您。我想忘记您，也曾有足够的机会去忘记您。但我做不到，这似乎也证明了，我爱您。

我本来一定要努力赢得您，但如果那样，我们之中的一人就要改变。这是不可能的。因此，我想，就像人们所说的，放弃您。我承认，我告诉您这些，仍然十分模糊地希望，您或许会给我机会，让我觉得，即便不得不放弃，也至少会为它而后悔。这份不确定的希望给我安慰。吻您的手，那双我思念的手。

请您珍重！

您的弗里德里希

五点，弗里德里希去见托姆金。

托姆金是那种被 R. 称为“苦行僧般冰冷”的革命者。他的职业是裁缝，而且有一份朴素的信仰。“我在这里生活了五年了。”托姆金说。“您在这里感觉不错？”弗里德里希问，他想到了雨、工厂、女售票员和咖啡馆。托姆金不理解这个问题。弗里德里希心想，他或许是第一次听到这个问题。——“我在这里找到了工作。”托姆金最终回答，好像现在才明白那个问题的含义。而且好像数字也是回答的一部分，他继续道：“八万名工人生活在这里。所有人都加入了红色组织，是可以被信任的。工会运行也井然有序。四万名妇女都被组织了起来，女售票员和市政工程的帮工也包括在内。”

“是这样！”弗里德里希说。

“战争导致了革命。”这位裁缝说。“这您知道得同我一样清楚，不是吗，同志？我们对德国无产阶级有很高的期待。”他继续说。“尽管无产阶级都去打仗了？”弗里德里希问。“这是高层的问题。”裁缝说，“这里就有一位高层官员，是我的好友。当我告诉他您要来时，他请求我带您去见他。您愿意见他吗？”“您带我去吧。”弗里德里希说。

这个人的爱国主义演讲在开战后就时常出现在法国和英国的资产阶级报纸上，以证实无产阶级团结精神的没落和民族情感的胜利。

他住在一间三居室的房子里，家具是逐渐购置齐全的，一件接着一件，一件比一件新。家里的两个儿子都入伍了，手挽手身着军装的照片镶嵌在有淡蓝色勿忘我花纹的相框中，放在父亲的写字台上。两扇窗户之间悬挂着一面大镜子，像是第三扇窗户，照亮了整个房间。镜子两侧各挂着一幅表现黄昏时收割的画，一边是一位农民向金黄密实的麦穗挥舞着镰刀，另一边是两名妇女弯腰捆扎着禾把。一张纤细的小桌子上放了一些小摆件：蓝色瓷质的扫烟囱工人，红陶的幸运小猪，玩具厨房——里面还有一丁点大的平锅，吹笛的牧童，一张长胡子男人的照片。相框很宽，是红色的毛绒做的，和军装照一样，都以淡蓝色勿忘我作为边框装饰。写字台上还有一个巨大的墨水瓶，金属质地，一位全副武装的铜骑士平拖着他的盾牌作为搁板，可以把钢笔尖放在上面。两侧各有一个小墨水瓶，盖子像教堂的圆顶，一个装红墨水，一个装蓝墨水。旁边放着一把铜制的裁纸刀，形状是军刀的样子。椅子尽管装了垫子，还是硬的。

他是位正派的人，勤奋而有想法，规规矩矩，兢兢业业，艰难地爬上了现在的位置。自二十一岁之后，就与同一位女子有着美满的婚姻，这一定程度上也是遵循一位知名自然疗法医生的指导。他是个体面的人，腹部微微发福，面容线条简洁，一个孩子也能照着画出来。他从一个箱子里拿出雪茄款待客人。箱子盖上画有德国和奥地利皇帝，两个人物在一个金色的椭圆形边框之中，面色红润，欢乐地看着这个世界。

“同志，您将在苏黎世看到，”他对弗里德里希说，“这个世界是如何对待我们的。我们进军比利时让人们感到不安。我在第一时间就反对此事。但战争很快教会了我们，要将事实与理论区分开。这与和平时期不同。如果经济繁荣，提出些要求是可以的。但如果整个经济都遭到摧残，无论是劳动者还是资本家，都必须先振兴经济。我知道，您和您的同志们不赞同我的观点。但您不可以将我们——文明的西方君主立宪制之下，享有平等权利的无产阶级市民——与皮鞭下被压迫的俄国无产阶级相类比。沙皇胜利的话，只会更加残酷地压迫俄国无产阶级。德国的胜利将解放德国人民。我们正大步流星地走向共和。”

弗里德里希午夜前告别离开，当时已经能听到这位政党领袖的夫人在卧室里呼唤他。雨还在下。整个城市一片昏暗。没有一扇窗户透出光亮。人们都睡着了，战争还在继续。有没有寡妇在为丈夫而哭泣？那些阵亡将士的母亲能否安睡？弗里德里希想起那个在维也纳的夜，夜里他穿行于街道之中，当时所有人也都睡着了，只有少数例外。当时醒着的人，现在都在战场上，在集中营里，在监狱里。或者，最好的情况是，在瑞士。其他人都睡着了。他们睡着，好像还是和平时期，好像战争还只是在酝酿之中。他们今日也睡着了。无论今日还是当时，我都是世界上独醒的人。每个人都有自己的墓地，刻着铭文的墓碑。每个人都有自己的洗礼证明书、证件、军官证、祖国。这些能给人以安宁，让他们入睡。政府办公室里的那些号码管理着他们的命运。但世界上没有哪个办公室里有我的号码。我没有号码。我没有号码。

在这个城市，在这个雨夜，弗里德里希是唯一醒着的人。他打开窗子，看着外面昏暗的街道。他的房间在三楼，从这里看出去，能看到对面的墙上倒映出微弱的方形亮斑，这给了他一些满足感，好像这抹亮色是他的功劳。

雨依旧下着。

之后的两天，雨还在下。这两天他要在这里等着拿护照。“德国当局，”那位裁缝安抚他，“一贯的繁文缛节，即使不合法的地方也如此。”

换作卡普杜拉克就特别快，弗里德里希想。

但他拿到护照时仍很高兴，向裁缝借了一些旅费。第一次——他对自己说——我有了真正的证件。当局成了我的帮凶。这真是战争的奇迹。确实进步了。

次日，弗里德里希便坐车前往瑞士。

他坐的是三等车厢，听着士兵们的谈话。人们在聊些极为寻常的事情：熏肉、荤菜、军医、野战医院，还有香烟的品牌。大家似乎已经在战争里安了家，生活得很舒适。残暴的死亡正过早地等待着他们，但他们已经习惯了，就像和平时期的自然死亡，无可幸免但遥遥无期。战争已经从一种反自然的现象变成了一种自然现象。

在边境前的最后一站，他把给希尔德的信放入了邮筒。当信抵达的时候，我已经到那边了。

他发电报向别尔泽耶夫告知了自己的抵达时间。

十四

从这一刻开始，他想的就只有别尔泽耶夫。他们很快就能相见了。弗里德里希回忆起两人友情的开端。在他的记忆里，与那些共同经历的苦难和共同渡过的危险相比，更鲜明的是别尔泽耶夫那些并非特殊场合下的语言和动作。他记得，别尔泽耶夫是如何睡觉，如何吃饭，坐下来沉思的时候，是如何用双手抱住左膝，早晨如何洗漱，洗得很快但很仔细，明显很喜欢冷水，水每天早晨让人类和自然元素重新联系在一起。

弗里德里希已经在瑞士境内，正在这片土地上行驶。火车站的墙上没有穷兵黩武的海报，也没有身着军装的士兵在乘坐一列列火车。他好像直接从一场战役中回来，而非来自一个战争中的国家。那个在西伯利亚时就渴望的和平世界，现在展开在眼前。在他的感觉里，和平有着一副奇特而陌生的面貌，而战争似乎才是正常而自然的状态。在途经俄国、奥地利和德国时，他已经习惯了那种想法，认为死亡已经统治着欧洲。但在瑞士的边境线上，平常的生活开始了，就好像是到了降雨区的边界，能够看到阴云密布的天空和蔚蓝的天空之间、潮湿和干燥的土地之间，那道分明的界线。他突然看到了一个个身着便服的年轻男人，看年纪早就该入伍了。他看到男人和女人们平静地相互告别，听到他们相互说“再见”。显然，所有人都没有在为性命担忧。报刊亭上并排挂着各国的报纸，好像里面没有刊登血腥的新闻。这就是中立的本质，他对自己说。在火车上，我就觉得战争不过是次要之事，血流成河的那种图像不再伴随着我的每一个思想。我开始理解上帝的淡漠。中立是与神性类似的。

别尔泽耶夫应该在火车站，弗里德里希心想。但立刻又觉得，他不会来火车站接的，应该在家里等我。到火车站接人毫无意义。而且我是一个人到。没有人接我或陪我。但是，他要是在火车站的话，我会很高兴。

别尔泽耶夫真的在等他，像往常一样平静。“你收到我的电报了？”弗里德里希问。“没有，”别尔泽耶夫说，“一周以来，每辆从德国来的火车我都会来等。”“你在等谁？”“你啊！”别尔泽耶夫说。

两人第一次身着欧洲便服见面。第一次，每个人都在另一个人的西装上发现些特别之处，它们不可辩驳地证实了两人有着共同的品味。“你这样戴帽子啊！”弗里德里希说。“你不喜欢吗？”别尔泽耶夫问。“正相反，我不能想象还有别的戴法。”两个人说着话，就像世界上任何两个年轻人在谈论领带、帽子、双排扣和单排扣的西装，就好像没有战争，而他们也不是在等待革命的到来。

“要是萨维里听到我们说这些！”别尔泽耶夫说，“他会多么鄙视我们。他在这里仍然固执地坚持不穿有领子的衣服，为了显示与我们不同，R. 和我，甚至所有‘知识分子’。他那不是平常的卖弄，而是憎恨。”

所有的人境况都不好，没有赖以为生的途径。每周，大家很艰辛地才能凑够基本支出。萨维里每天只吃一顿饭，R. 急需一条裤子，他在给一家小报写稿子，这让萨维里很看不起。“那你呢？”弗里德里希问。“我有钱！”别尔泽耶夫说。“我有工作。我是剧院的员工。我有一位朋友是演员，给我安排了这个工作。这很不容易。瑞士剧院的工作人员都不太友好。但他们最终还是挺喜欢我的。我甚至存了些钱。我们什么也不干也够活一个月了。你住我那里。现在没房子。逃兵和和平主义者占据了整个瑞士。"

两人又开始了以前的生活。

十五

在苏黎世，弗里德里希开始写翔实的日记。下文我列出一些我觉得重要的章节。

摘自弗里德里希的日记：

今天我又见到了 R.。他还和以前一样，和我说话的样子好像我们昨天才分别。我还清楚地记得去俄国之前我们最后一次谈话。但他自然是忘记了。我决定写日记这件事，要感谢他。"什么?！"他说，"您什么都没有记录? 大错特错。首先，这是一种个性化的声明。手里握着铅笔，面前铺着白纸。从这一小片纸中——更别提一大张白纸了——能散发出宁静与孤独。在荒野里不会有明显安静的感觉。但您若是拿着一本空的笔记本坐到喧闹的咖啡馆里，便会立刻安静下来。其二，它很实用，因为有许多东西人们不应该忘记。第三，一本日记能让我们不过分地激进，尽管我的工作让我们有这份义务。它帮助我们赢得与事物的距离。第四，我写日记，因为萨维里如果知道的话，会认为这是布尔乔亚式的多愁善感，进而心怀鄙夷。”

对于那些被萨维里称作“布尔乔亚式的多愁善感”的事物，我有一种与生俱来的好感。我又见到了他。没有提到希伯来语。也没有提到我的逃亡。只有：“您过得很不错嘛——正如别尔泽耶夫所说。”有一瞬间，好像我必须要道歉，因为我被捕了。他把别尔泽耶夫的话又重复了一遍：如果我们两个都留在俄国就更好了。那里有很多事情要做。我禁不住告诉他，俄国并非我的故乡。“更糟糕了！”他回答。这显然是民族主义的表现。这一刻，我感觉自己是 R. 所说的“欧洲人”。他指的是那些重要的欧洲传统：人文主义、天主教、启蒙运动、法国大革命和社会主义。是的，他最后说，社会主义是一个西方的事件，说俄国的社会主义，就好像说霍顿督族① 的基督教一样荒谬。R. 可以做我的兄长。除了性格之外，我们很可能还有其他更多相同之处。我觉得，我们有相似的命运。我们两人都不信教，都憎恨同样的事物，要发动革命都出于同样的理由。我

① 非洲南部种族。——译者注

们都是残酷无情的。我们注定要去筹备革命，但或许无法目睹其胜利的成果。我和他一样，都不相信世界会有所改变——除了名词汇编表之外。我们都憎恨这个社会，而且是出于个人情感，因为我们都不喜欢这个社会。我们憎恨这个社会从生到死都舒适安逸。如果我们早几个世纪出生，那我们就是所谓的反动派，或许是牧师、顾问、副官、欧洲宫廷里无名的秘书。我们必须出生在另一个时代，在那个时代里，如果你与众不同，仍可以自己决定命运。平庸者应该还在底层。

一周以来，我担任一家丹麦报纸的通讯记者。我现在有义务去关心社会、政治和戏剧。我认为，我做得不错。R. 帮我谋求到了这份工作，他说："您具备一名记者的首要素质，您有好奇心。"

生活在这里的逃兵与和平主义者没有区别。这些有幸越过边境的人中，没有人承认，是为了保全个人的性命而逃亡的。好像热爱生命需要道歉一样！市民阶级的特点之一便是，将简单的自然要求隐藏于复杂的理念之下。古代的男人可以在愚蠢的决斗中丢掉性命，但他们是以死捍卫自己的荣誉，而且他们也从未有一刻否认过对生命的珍爱。而今天的男人，至少是这个中立国家里的大多数男人，都声称，他们是信念的牺牲品。

最令我感兴趣的，是那些被祖国允许前往瑞士的人。从他们那里可以了解到最多。他们来到这里，是为了暗中监视自己国家的和平主义者，并且宣传本方的观点。在我们的公寓里就住着两个这样的人：一名德国人和一名法国人。德国人自称施莱谢尔博士，法国人自称伯纳丁。由于房东太太的善良，他们早餐时和我坐一张桌子。房东太太认为，和平主义思想能将两人联系在一起，并开心地一同就餐，这两个可怜的人是在为祖国而牺牲。但其实，他们都是国家雇佣的间谍。施莱谢尔博士是个规矩、懒散的人，早上起得很晚，穿着拖鞋和睡袍去厕所，而且会在那里待很久。他戴眼镜，这让他的眼睛看起来很友善，让本来就很宽的脸显得更宽。这副眼镜就像第二个金边的玻璃微笑，叠在脸颊上原本就一直有的微笑上面。我每次经过他的门口，都能听到他用打字机写东西的声音。他是个天真的间谍，以为大家都觉得他在打字机上给情人写情书，而不是给上级写报告。伯纳丁是个四十来岁的男人，有着法国乡下人庄重深沉的优雅，每天看起来好像要去参加葬礼。只有等待用餐时的快乐能让这样的庄重消减几分。他的鞋子总是十分光亮，时常穿着深绿色的绑腿，裤子总是熨得笔直，外套看起来像是刚从裁缝那里拿来，笔挺的高领子总是白得发光。嘴唇上有一撇黑色的小胡子，更突显了脸颊的红棕色。他总用手指捋着这一绺胡子。伯纳丁习惯佩戴一枚小领结，好像是有意表示与施莱谢尔博士厚实的丝质或针织领带有所不同。两人互相没说过一句话，只是坐下和起身时会微笑一下打个招呼。他们都知道彼此。只不过法国人的报告是手写的，所以当走过他门口是时候，里面是安静的。

昨天，德国人和法国人第一次交谈。两人差点儿没有来吃晚饭。所有人都结束之后，他们又坐了很久，喝咖啡，抽烟。我和平日里一样好奇。施莱谢尔博士是我在咖啡馆认识的，我们有一个共同的好友，戈尔德博士。这位戈尔德博士还没有决定加入交战国家的哪一方。他曾在德国生活了很久，翻译了托尔斯泰的几部作品。他在德国和法国都有朋友，由于害怕两个国家都可能取得胜利而他又太晚获悉，所以保持中立态度。他一会儿与施莱谢尔博士坐一桌，一会儿与伯纳丁坐一桌，与这两人关系都很好，还把一个人的事情告诉另一个人。因为害怕两人某一日会都生他的气，戈尔德博士数月来一直尝试介绍两人相互认识。他昨天终于成功了。事情的经过他是这样对我说的：“昨天，我想起来告诉施莱谢尔博士，伯纳丁一直很想认识他。我才得知，他们每天都会坐同一张桌子用餐。这真令我失望。要不是机灵如我一般，一定会责备自己。于是，我带着与生俱来的镇静平淡地回答：‘那么他将不知道，和您同坐一桌是何等的荣幸。’施莱谢尔博士便相信了。不过，他对伯纳丁十分反感，而且并非仅仅出于国别原因。我又犯了第二个错误。

‘他不过是个学法律的，’我对施莱谢尔博士说，‘一个和善的平民。这些人不过是被战争冲昏了头脑。’‘什么？学法律的？’施莱谢尔博士问，‘我也是！’就在这一刻，伯纳丁走了进来，施莱谢尔先微笑着表示了问候。我终于把他们聚到一起了。您猜怎么样？一个小时之内两人就成了很好的朋友。他们聊的只有老师和学生。”

戈尔德博士就说了这么多，之后就很快离开了，因为他一直很忙。说话的时候语速飞快，几乎是气喘吁吁的，而且思绪总是跳跃着。其他时候都小声说话，而且留心让周围的人都看着他是如何滔滔不绝地讲秘密。他认识所有和平主义者，一直有人跟他打招呼，他也一直回应。他是“欧洲和平”的合作者。别尔泽耶夫把他叫作“共济会会员”，这是一种独特的方式，把共济会会员与和平主义者混淆起来。奇特的还有，戈尔德博士十分愚蠢，但同时又了解各个国家的文学、语言和国情，知道许多无关紧要的人和所谓的名人。他容易轻信别人，每一条消息严肃对待，别人说的一切都很重要。显然，他必须轻信别人，才能满怀信心地对其他人说话。奇特并令人费解的是，每一个人还都愿意听他讲话。但这似乎是大多数群体的通性：他们对待他人传播的消息如同对待报纸里的新闻，好像认识不到，讲述者的声调、面部表情和性格特点比其说话的内容重要得多；好像他们从来没有见过，说话者的眼光就暴露了他们正在说谎。

从此，总能见到施莱谢尔博士和伯纳丁在一起。他们显然不知道，两人在战时一同出现，即使在苏黎世也是一种奇景。伯纳丁庄重的黑色衣服让他看起来像大百货公司的经理，而施莱谢尔博士的金黄色头发却让人想起无忧无虑的假日阳光。金色的眼镜框、闪光的镜片、沙黄色的外套、红色手套、浅棕色裤子、棕色瓜皮帽和苍白的脸，这些都散发出耀眼的光芒。谁遇到他，就像遇到一个行走的太阳。而黝黑的伯纳丁在他身边，就如同一道细细长长的阴影。这两人为了监视和平主义者来到这里，现在却逐渐成为和平主义者之间玩笑的谈资。但与国别的差异相比，让这位德国人和这位法国人感受更强烈的，是职业的共同点。我了解到，这名德国人懂法语，而法国人懂德语。交战国家的政府似乎认为，通晓敌国语言就是成为间谍和外交官的充分条件。R. 对我说，现在缺乏间谍就像缺乏炮弹、面包和糖，而让法院官员从事秘密警察和新闻服务的工作，就像派后备军上前线一样。

每天都能见到新的面孔。总有新的难民。战争持续的时间越长，和平主义者的队伍就越壮大，他们之中既有立场坚定的，也有临时起意的。为了保卫自己的中立立场，瑞士也组建了庞大的外籍军团。

从俄国传来了有利消息。莫斯科在罢工，乌克兰有 26 家工厂停工。P. 同志传来消息，他已经做好了穿越前线的所有准备，按他来信所言，即将前往俄国。他请求得到一些资料。必须有人给他送去。我乐意担当此任，但却没有此行的旅费。由于会被审核，资料也不能邮寄过去。我明天再去 L. 那里一趟，把东西取来。

昨天我去了 L. 那里，这是第三次。他的状况越来越差。眼下生着病，脖子上围着厚厚的彩色围巾，但仍然拒绝卧床。房间已经两周没有供暖了，他的房东是位正直的人，但正直没有阻碍他准时去收取房租。T. 曾经来看望 L.。他们说起 G. 刚刚寄来的一篇文章。“他完全无法离开形而上学，” L. 抱怨，“他和他所谓的神这是要做什么？” 这样的渎神并不掺杂一点点的快乐，我在许多笃信的无神论者身上都发现了这一点。比如查耶金，他就一直抨击上帝，当他说到天堂、牧师、教堂、神等词汇时，就会做出恐惧的表情以示讥讽。当别尔泽耶夫调侃宗教时，就像一个小男孩，对讲授基督教教义的老师撒了谎。他脸上的狡猾和机灵让人想起街头游荡的少年，按动门铃的电钮想捉弄看门人。在某种程度上，他猜测，既然门锁着，应该没有看门人。我也听过 T. 谈论宗教。他把神当作企业家，维持现行的世界秩序在本质上符合其世俗利益。但无论是孩童般的嘲弄还是严肃的对立，在我看来，都是神存在的证据。但 L. 用短短几句话就扫清了天堂的内核，让人明白地听到它的空洞。就好像盗走了一口钟的钟舌，现在毫无声息，只剩下一块金属和一口钟的影子。L. 有一种天赋，能徒手扫清障碍，开辟道路。而且他不认可意外的可能性。“我们必须要将阻碍考虑在内，”他说，“但不包括那种我们无法预料的阻碍。如果我们开始计算那些无法预料的意外，那么我们就会坠入安逸，连那些能预料到的也不愿去看。我们生活在地球上，我们的理解力也限于这个世界，超自然的力量不会干预凡间事物。我们又为何因此绞尽脑汁呢？世上只有有可能的事，而所有的可能都可以被预料到。”

L. 的秘密就在这种自愿的限制中。我认为，他没有任何情感，憎恨、愤怒和爱都没有。他看起来就像一个小官员，刻意要与不可能的事情拉开距离，和其他人同样费尽心力，就为了比如说得到一幅知名的画像。他生活在冷漠之中，疾病和困顿都和我们一样。他身上唯一感人的是他的化名。他的胡子像是容貌刻意而多余的延长。额头又宽又白，颧骨和额头一样宽，胡子构成了鬼魅般煞白心形的尖部，但这心形有眼睛，能看见。

我在维也纳的时间有两天。我带着材料和 L. 的委托去见 P.，P. 明天就要穿越前线了。此外，我没有见任何人。我想找格林霍特聊聊，但“夫人”——他这么称呼产婆塔尔卡太太——几乎带着母亲般的骄傲告诉我，格林霍特确实得到了平反。“现在他至少可以光荣地死去。”她说，已经用手绢拭着眼角，声音里带着哽咽——她那个阶层的女人手里总是神奇地拿着手绢，就像市民阶层的女子总丢失手绢一样。“哦，博士！”“或许他会回来的。”我心不在焉地安慰她。但显然，我完全安慰错了。“像他这样去那么远的地方，”这位产婆说，“是不会回来的。他的房间我肯定已经租出去了。波兰犹太人现在住在那里，难民。”她说这话的时候带着一种刻薄的玻璃般的光亮，“肮脏的人，他们都不入伍。男人完全无所事事，两个儿子是没有武器的预备役队员。我要一直给他们涨房租。您不相信？所有的东西都贵了，但这些人仍旧很有钱！”为了能不再听她说下去，我只能接受了她对格林霍特宣判的死刑。“您可以安心地收留这些难民，”我说，“格林霍特肯定要牺牲的。”她又拿起手绢。在战争时期，眼泪也可以表达希望。

我没有给希尔德写信。我虽然一直在想她，但一刻也不愿见到她。若不是我下定决心无论如何要保持诚实，我一坐在这张白纸前，羞涩就会阻止我写下真相。我去了一个摄影店的橱窗前，那里一直以来都有一张希尔德的巨幅肖像。但现在它不在了，陈列柜里挂着一名中尉的照片，彩色的。

萨维里现在公开地表现出对所有人的憎恨。只有在L.的房间里他才沉默、谦逊。L.用很简单的办法就压制住了他，那就是直接告之真相，就好像从书里读给他听一般。即便是萨维里，也无法苛求他出于个人缘由表达什么观点。他只有笃定的信念。“他是一个现象级的人物，”R. 说，“大家都爱他，但他几乎不懂得如何接受爱。人们都怕他，尽管他不拥有任何权力。在他的身上，自然似乎在尝试塑造一种新的圣人。没有光环的圣人，没有仁慈，也没有长久的供奉。看到这种神圣的时候，我会感到有些冷。您留意观察，看萨维里是怎样努力地去模仿他，又是怎样失败的。他就是个冷漠的家伙。他扮演的是一个扼杀了所有个人兴趣的人。但这些他也有。只不过他的血是如此冰冷，以至于他的野心看起来像信念，而他的仇恨像理智。”R. 如此说。

自从离开过苏黎世两天以后，我在这里便感觉不到一个中立国家的自由。在回程的路途上，我就一直在想象，一切都将改变，我朋友的、坐满人的咖啡馆和所有的间谍。我感觉像在维也纳过了十年才回来，尽管只有两天，而且过得飞快。战争已经像个老年人，慢吞吞的，样子像他造就的许多残疾人中的某一个。我对同行的人没有了兴趣，因为我完全知道他们在想什么。如果我今天再和聚斯金德坐在同一节车厢，我应该可以帮他提词，甚至扮演他的角色。当然那位普鲁士上校和奥地利少校也一样。我也详细地知道，R. 会说什么，萨维里会说什么，别尔泽耶夫会说什么。我们生活在这个城市中，像囚犯，而非成功逃脱的人。这份有地理局限的中立像一座监狱，因为战争已经不再局限于某个区域。有时我觉得，我们像在一艘小船上漂浮，好人和坏人，正派的人和无赖。而且船永远行驶着，没有终点。有时，我盼望能发生些可怕的事情，让瑞士也能对某国宣战，然后把我们都囚禁起来或者送上战场。这里发生了很多事，空气中都充斥着所谓的新闻。但这些不过是大同小异，一场胜利与另一场胜利相似，一场失败也和另一场失败没有区别。敌人像他的敌人，政党之间的差异就像枪之间的差异一样小。这些事件在攻击我们的城市，像海浪拍击着船，同样的波涛，一浪又一浪。我把这些写下来，刊登在激进的报纸上。当我看到面前那铅印的句子，发现它并非我原本想要写下的那些想法，而只像它们极微弱的第二次回声。何时我才能表达出来？我开始怀疑，战争是为我们的目标服务的，但却无法停下来，它太庞大了。它已经超脱了世间的法则，但仍在急速行进，像一个天体，遵循着某一个迟钝的法律，没有尽头。

十六

我们就此中断弗里德里希的日记。因为日记中的记录从此处开始越来越少，而且日记内容只包括一些普通的新闻。这些新闻现在或许有历史价值，但却不是我们所关心的。如今我们知道，上文中提到的他的担忧——战争将永不停息，是错误的。我们还要告知大家，他在1917年那个值得纪念的早春离开了瑞士，在那一年，世界开始改变其原本的面貌。那个时期，国家杜马奋起反抗，在两天内决定逮捕沙皇。革命派知识分子和工人在涅瓦大街游行。俄国革命最早的83名牺牲者倒在潮湿的石板路上，滚入融化的雪堆里。沙皇痛哭着最后一次告别他的臣下。罗江科、古契科夫、克伦斯基等人接管了政权，斯科罗帕德斯基[①] 效忠德国皇帝。俄国将军卢科姆斯基在总指挥部口授了退位诏书，阿列克谢耶夫将军通报整个俄国前线，俄国已经不再是沙皇国家，那辆已经成为历史的火车途经德国把俄国革命的领导者送至彼得堡。沙皇在普斯科夫收到了各个电报，军队首领们纷纷表示支持其退位。就在俄国开始转变为一个民主共和国的时候，彼得堡的克谢辛斯卡娅酒店里正居住着一个人，他在为苏维埃共和国做着准备。这个春天还是像以往那样多变无常，雪融化了，雪水流淌又结冰。弗里德里希和别尔泽耶夫在莫斯科战斗，他们能进入军械库，每天晚上，在被买通的官员的眼皮底下，把枪支和弹药用稻草盖住，装在一辆摇摇晃晃的小车上，送到工厂去。

---

① 乌克兰保守派将领，在德国扶持下建立政权“乌克兰国”，后被人民军推翻。——译者注

第二次——跟当时他与卡普杜拉克和逃兵们穿过边境森林时一样——弗里德里希感觉自己听到了一个民族的呼喊。我还记得那五个逃兵。当第一缕阳光出现，他们像听到了命令一样停下了脚步立定，向故乡告别。他们现在在哪里呢？在美国某个沥青城市变成了残废？在某个监狱里被谋杀？在集中营里受瘟疫侵袭而干枯？在被警察追捕？还是早已在墓穴中腐烂？他又想起那个灰色的警察局、固执的书记员、看守坚硬的铁拳、特务潮湿发黏的手、四棱的刺刀、市民世界的金字塔、皇帝画像下的检察官、社会统治阶级的术士。他听到镣铐的哗啦啦的响声，军乐队高亢的铜管乐。他看到军官在战争中像半上流社会的名媛，束着腰走在后方，看到画家穿着奇特的制服为指挥官画着圣像，看到记者成为现代市民阶级的预言家，少校说着犹太人的笑话，产婆和变成爱国者的格林霍特，救济处的乞丐，希尔德身边的文人圈子。

“我们要打破这个世界！”弗里德里希对别尔泽耶夫说。他们缓慢地行驶在城郊阴暗的街道上，乔装为农民，正从村里出来，赶去明早的集市卖蔬菜和水果。枪都包裹严实藏在稻草下面。天边的星星像往常一样发出寒冷的光，已经能感受到春天照常悄悄来临的气息，西南风吹来，和每年一样。马蹄踏在街道坑坑洼洼的石子上，好像溅出短暂的火星，组成一场永不停歇的烟火，从空无中发出光，又消失在空无之中。

第三卷

一

从库尔斯克到沃罗涅日这段不远的距离，火车需要十八个小时。这是一个冷之又冷的冬日。虽然只有短短几个小时，但太阳在深蓝色天空的南部发出强烈的光，男人们在每一个停靠车站都从阴冷的车厢里跳出来，像夏日重体力劳动过后一般，脱下外套，吱嘎作响地用雪擦洗，然后在空气和阳光里风干。白天很短，但他们都晒得黝黑，像瑞士冬季从事高山滑雪运动的人。不过，黄昏来得很突然，清透而凛冽的风一直呼啸着，加剧了长夜阴森的寒冷。风吹过霜冻，似乎被磨得更锋利、更刺骨。车厢上的窗户没有玻璃，只能用木板、旧报纸和破布代替。蜡烛头的火光零零星星地徒劳跳动着，它们被粘在墙上或门边不知为何存在的金属突起上。尽管看起来很寒酸，但还是让人想起了火车和旅行早已消失的奢华。这里正巧是一等和三等车厢被连接在一起的地方，但所有的乘客都冻得瑟瑟发抖。总有人站起来，脱下靴子，往里哈气，用手搓着脚，又仔细地把靴子穿上，好像这一夜没有必要再脱掉它们。而另一些人觉得更好的方式是，每几分钟便踮起脚跳来跳去。大家相互嫉妒。每个人都觉得旁边的人应该更好过一点，整辆列车里，能听到的谈话都是在说这个大衣或者那个皮帽子可能最保暖。一名士兵的袖子底下被战友发现一条保暖腕带，灰色带红色条纹，而对于来源，主人自己也无法解释。他发誓，这东西根本不管用。一名四十多岁长着粗犷红胡子的男人一定要看这个腕带，他既像一个刽子手，又像山鬼或铁匠，但其实过去的两年都在民间做食品贸易。自从革命爆发以来，他失去了一切，从一个军队辗转到另一个军队，最终留在了红军。他扮演了一名老手的角色，像一个先知，能预测一切，其中某些他会透露出来。尽管心地不坏，但几乎每个小时都会挑起一场争吵。看起来，好像如此跌宕起伏的人生仍然让他感到无聊。腕带的主人是一个腼腆的农家男孩，来自坦波夫地区，由于羞涩不愿意把腕带交出来，最后被旁边的一个水兵强行撸了去。这水兵还是个万事通，会变戏法、做饭、裁衣服。脸看起来像个乡下的演员，很了解这个物品，还解释道，是英国人发明了保暖腕带。人的整个生命都在于脉搏之中，所以只要保护好手腕就够了，这样还节省了毛皮材料。大家一个接一个地戴上这一小块毛织物，都觉得它和火炉一样暖和。水兵说，那个把腕带从坦波夫地区寄给男孩的姑娘，肯定更火热。所有人都追问是否真是这样。

这些正聊着如何取暖的男人，来自西伯利亚前线，在那里击退了捷克军团，希望能在这里多留些时日。这场他们自以为无比重要的胜利，事实上不过是暂时的，但他们还是希望能因此多休息几周。然而，他们现在必须前往乌克兰，与西伯利亚相比，那里的寒冷更加残酷，尽管他们的司令官别尔泽耶夫同志手里每天都拿着温度计，证实气温还没有低于零下 25 度。红胡子男人说，没有什么能比水银更不可信了。他有一次发烧，被医生往嘴里塞了一支温度计。当他把温度计拿出来时，发现还不到 36 度，体温就和鱼一样。这时，医生说，这个温度是因为脉搏太快了，这应该是霜冻造成的。为什么人们有两到三种计量冷热的度量单位？因为即使科学家也不能达成统一意见，应该用摄氏度还是华氏度。

而且事实上，这队人感到的寒冷更严酷，是因为他们前进的速度慢了很多，而且一再被逼退。此外，因为他们在南方面对的是组织更严密、数量更庞大的敌军力量。他们长途跋涉后总是筋疲力尽，而且还要立刻再次投入战斗。小型的运动战在他们看来成了家常便饭，就像曾经的世界大战一样。同样理所当然的还有，在普热梅希尔要塞前和喀尔巴阡山脉里耐心地等待了数月，现在短途的急行军，坐慢吞吞的火车，快速挖地道，袭击一个村庄，攻下火车站，在教堂里格斗，在突然的巷战中被压制在拱门之后。他们知道，明天一旦从火车上离开，要面临的是什么，但现在，他们想的不是战斗，而是温度计和腕带，想的是一般日常的事物，想的是政治和革命。是的，是革命，他们谈到革命，好像自己与此毫无关系，好像革命只发生在离他们很遥远的地方，好像还不知道自己正在为之流血。仅仅在某些时候，当传单和快报送到他们手里时，他们才意识到，自己就是革命。火车上的这一队人当中，只有一个人没有一刻忘记，他为何而战，以何名义而战，而且还一再把这些告诉士兵们：这个人就是弗里德里希。

经过漫长的三个月——在弗里德里希看来像过了好几年——他终于在库尔斯克再次见到了别尔泽耶夫。“每次我看到你，”别尔泽耶夫说，“你看起来都不一样了。我们当时逃亡必须一再分开时也这样！可以说，你变脸比变名字还快。”自从弗里德里希回到俄国之后，他就用假名在报纸上发表文章。他有一次向别尔泽耶夫承认，私下其实很喜欢自己的新名字，就像一种自己颁给自己的头衔。他爱这个名字，因为它表达了自己新的存在。他爱现在穿的衣服，爱那些话语，那些在他脑子里、舌头上、不断说出来和写下来的话语。他觉得快乐就在一再地重复之中，应该给士兵们把同样的话说过一百遍了。同样的东西，他在传单里也写了一百遍了。而每一次都发现，有些话永远说不倦，就像一口钟，总是发出同样的响声，但仍能给人来带新的震撼，因为它高高地挂在人类的头顶，不可触及。有些音并非人类的舌头所塑造，而是被神秘的风从超自然的空间吹送到世间语言的千万词语之中。有一个词是“自由”！这个词像天空一样广袤无垠，像星辰一样让人类的双手无法触碰。但它由人类的渴望所创造，被一再地追寻，被千百万人殷红的鲜血所浇灌。弗里德里希不知将“我们想要一个新世界”这句话重复了多少遍。但每一次，这句话所表达的意思都是新的，像突然出现的一束光照进一个遥远的国度。还有一个词是“人民”。弗里德里希在士兵们面前说这个词，在水手、农民、临时工和工人面前说这个词，他将这些人视为人民。此刻，弗里德里希感觉好像在光对面放了一面镜子，加强了它的亮度。当年给年轻工人们做那些华而不实的报告时，是如何费力地寻找更新、更确切的词汇，但其实并无太多可言之物。一种语言中不知有多少无用的词，当那些简单的词还没有得到应有的权利，没有被实现。面包不是面包，如果不是所有的人都拥有它，如果它的读音一直被饥饿如影随形地伴随着。有些为数不多的想法、词和热情，虽然没有名字，但已经足够了。那是爱与恨的统一体。弗里德里希觉得，它像手里的一束光，用它可以去照亮前路，也可以去点燃火苗。杀戮对他来说已经是无比熟悉，就像吃喝一般。恨没有其他的方式，只有消灭！消灭！只有眼睛看到其死去，才意味着真正的消失。敌人的尸体才不再是敌人。在烧毁的教堂里无法再祈祷。他觉得，自己所有的力量似乎都归结于这一种激情之中，就像战场上的军队一般。这份激情中有他少年时期的意气风发，有对母亲叔父和办公室领导的恨，有对富家孩子的嫉妒，有对世界的渴望，有对女人愚蠢的期待，有陷入女人怀抱中的神奇喜悦，有孤独岁月的凄苦，有与生俱来的狡诈，有历经磨炼的理智，有眼光的锐利，甚至还有他的懦弱和胆小。是的，即便是借助恐惧他也连战连捷。弗里德里希有着他人只有在危及生命的瞬间才被赋予的闪电般机智，能迅速理解陌生的军事策略。他把与生俱来的万端巧捷转化成了军事战术。他是监视敌情的大师。乔装之后他多次进入敌人的村庄和城市。他的奇思妙想，他本质里的浪漫主义倾向，出于自己好奇心而不顾危险进行的勘探，这些都不胜枚举。在内战的混乱中，上级的命令无法监督他，敌人的组织也不足够严密，所以无法按照现代战争冷静的规则来实施冷静的行动。弗里德里希想，当人们不清楚危险是什么时，就会高估它。但事实上，它是一种状态，人们可以习惯它，就像市民生活里有规律的中午时光。这可以被称作是庸俗的危险。他曾微笑着听着帕尔特哈格纳的老问题："必须如此吗？"然后微笑着回答："是的！"他必须要这样。如果你手无寸铁、举目无亲地来到这个世界上，你不可能任其发展，坐视不管。人有理智，不是为了让它为愚蠢所用；有眼睛，不是为了装作盲人。"我本可以成为部长！"弗里德里希对别尔泽耶夫说，还带着些许自傲，"尽管如此，我还是更想把部长们都绞死。"

"我还以为你要更聪明些。"别尔泽耶夫回答。弗里德里希打断了他的话："我因为偶然而出生在这个世界上，但它并非我的世界。我曾与这个世界毫无关系。但现在我有了。我原来总活在一种感觉里，感觉自己蹉跎了时光。我不知道，自己还能否去真正体验它。"

他在进行一场个人的战争，弗里德里希自己要与这个世界清算一切。他有自己的战术。别尔泽耶夫称之为"反军事的"。"他是非资产阶级的，"弗里德里希回答，"资产阶级的将军没有语言，也没有思想。资产阶级的指挥官只会用命令的方式战斗，而我们用语言来战斗。"他把所有的战友都集合起来——这周已经是第三次了，跟他们把那些古老的新词又说了一遍——"自由"和"新世界"。

"大战中，你们的军官命令你们：'立定！'我们——你的指挥官同志们，给你们恰恰相反的指示：'前进！'你们的军官命令你们闭嘴。我们请你们高呼：'革命万岁！'你们的军官命令你们服从。我们请你们理解。原来，人们对你说：'为沙皇牺牲！'现在，我们对你说：'活着！'即便你们要死，也要为自己而死！"一阵欢呼响起。大家高呼："革命万岁！"而别尔泽耶夫怯怯地小声说："你真会煽动人心。"

"我相信我说的每一个字。"弗里德里希回答。

一旦进入被征服的地区，弗里德里希就会命令把被捕的资产阶级都带到面前。这些人站成一排，弗里德里希研究他们的脸。一种平静的疯狂控制着他。他在这些陌生的脸和熟悉的人之间寻找相似点。他憎恨这整个阶级，就像有人会讨厌某种类型的动物一般。其中一个人看起来像他在希尔德那里见过的作家，另一个像总是啰嗦的聚斯金德博士，还有一个像普鲁士的上校，第四个像社民党的领导。弗里德里希又把这些人都放了。有一次，一个老实的银行经理落到他手里，这个人看起来很面熟，但弗里德里希就是无法确切地想起来。“你姓什么？”他问。“卡尔干。”这个男人回答。“你是的里雅斯特卡尔干先生的亲戚吗？”“是他的堂弟。”“你如果给他写信的话，”弗里德里希说，“代我问好。”男人担心这是个陷阱。“我从不写信。”他说。“你有多少资产？”弗里德里希问。“什么都没了。”男人结结巴巴地回答。“我曾经把生意做得很兴隆。”他继续讲，“银行里有 50 名员工。还有一个小工厂。”“这就是统治者，”弗里德里希对别尔泽耶夫说，“在封建时期，有 50 名雇员就是统治者。这个人是个懒虫，我母亲叔父的堂弟。”他看着大颗的眼泪从这位经理的脸上流下。

还有一次，他在街上遇到一个男人，身上还保留着一份残存的精致。弗里德里希停了下来。“让他走吧。”别尔泽耶夫说。“不行，”弗里德里希说，“我必须要想起来他像谁。”这个男人开始跑，他们追上去，抓住了他。弗里德里希仔细地看着他。“我知道了！”他大声说道，并放走了这个陌生男人。“他像歌剧院的指挥 L.。他脸上有华尔兹的力量。”弗里德里希满意地开始唱起来:“有些事，一定要忘怀，它们太美，不会真的到来……”

但弗里德里希还不知道，自己已经慢慢成为市民世界报纸里有插图或没插图的内容，这些报社的绝大部分还会存在很长一段时间。他也不知道，十大报纸的记者一旦不知道该写什么，就会把他的名字发出去，舆论这个强大的机器捉住了他，这个机制造就了轰动性的新闻，也造就了世界历史的原材料。弗里德里希不看报。他不知自己每三天就会出现在媒体题为“血腥刽子手专栏”的人物系列里，和拳击手、小歌剧指挥、长跑运动员、神童和飞行术修习者一起。弗里德里希——以及所有更理智的同志——低估了这个社会抵御机制的神秘方式，这就在于通过夸张或细节化将那些特殊之处平常化，而且借由千百“灵通的消息”佐证，当代历史的迷人之处就在于由真实的事件构成。弗里德里希不知道，世界已经太古老了，不会再狂热。他不知道，技术可以用神奇的手段，将永恒的真相变为眼前之事。他忘记了还有留声机的存在，将历史的雷鸣声记录下来，有影片的存在，将那些浴血厮杀像跑马比赛一样展现出来。

他很天真，因为他是个革命者。

二

由于战争持续时间异常之久，一些信件便长期滞留在邮局，数年后才抵达目的地。弗里德里希 1915 年冬天写给希尔德的信，1919 年春才送到她手中。这时，她已经不再是希尔德·冯·迈尔科尔小姐，而是莱奥波德·德尔沙塔先生的妻子，或者是冯·德尔沙塔先生，这个他在奥地利革命之后没有权利再用的名字。但人们依旧称他为总经理先生，因为欧洲中心国家的人不喜欢被剥夺级别，一个自己赋予的头衔和一个真正拥有的一样，都能让人感到被尊重。

冯·德尔沙塔先生在战争的最后两年确实是总经理。之前，他是预备役中尉，由于把手肘完全没有必要地暴露在掩体之外而被敌人射中，子弹遗留在伤口之中，只得退伍。而与他作对的人——总经理当然树敌众多——则声称，他是借此才堂而皇之地摆脱某些麻烦。但我们不听这些人的说辞。他们的污蔑毫无意义。即便我们假设，枪伤并非意外，又有什么作用呢？谁又是因为受轻伤而无须返回战场的呢？没有人。在战争爆发时，冯·德尔沙塔先生和希尔德的父亲一样，都是火车站的指挥官，虽然这年纪本不应该留在后方。他去战场只是一次疏忽导致的，战争部里的某个少校以后要为这次疏忽付出代价。这位冯·德尔沙塔先生不需要故意制造枪伤，他有人庇护。德尔沙塔一家来自摩拉维亚，数代以来都有人担任部长或高级军官，只有一位德尔沙塔展现出了天赋，成了演员，也从此使用了别的名字。德尔沙塔家从曾祖父开始，就与这个国家最古老的家族之一保持着联系。曾祖父不过是为伯爵管理资产，但对曾孙们来说，这是多大的一份幸运！因为那位伯爵的后人如今是这个国家的显要人物，谁作为他的朋友，就不需要去为战争而忧心忡忡。当冯·德尔沙塔先生手臂痊愈要离开医院的时候，决定再也不要返回战场。他走进朋友管辖的部门，为了营造效果，受伤的胳膊仍旧绑着黑绷带。他不可阻挡地——似乎一生都是如此——走过一道道空旷的长通道，还有一些狭窄的走廊，里面有很多平民，在等待签证、许可或证明。当一名办事员出现，他便立刻敬礼。这名办事员由于多年的职业经验，马上猜到，这位中尉是有关系的人。经过几次问询，德尔沙塔先生便抵达了朋友办公室的门口。他们进行了朋友之间的谈话，正好十分钟。“阁下，”他说，“请允许我……”

“已经知道了，”这位阁下回答，“已经收到了爸爸的信。最近怎样？芬妮在做什么？”

“阁下您真是平易近人。”德尔沙塔先生说。

“一向如此，一向如此。”这位阁下说，“真是个好姑娘！”

当中尉站起身准备离开时，伯爵说了几个字，好像只是把一些无关紧要的想法说了出来一样：

“明天就能办好。”

伯爵想到的正是土豆中心，其任务是限制土豆的自由贸易，保持其惊天的高价。土豆中心当时由专人领导，是最富有的农场主之一，尽管身体健康可以入伍，但已经三次被评定为职位上“不可或缺”的人才。但不幸的是，他半年没有去拜见食品部里的靠山。看不到，则想不到！当军方再次征召这位蔬菜商时，他已经失去了“不可或缺”的评定，这让招兵部门自己都感到惊讶。现在更“不可或缺的”是冯·德尔沙塔先生。而且原因十分明了：在如此危急时刻，土豆中心既隶属战争部也隶属食品部，德尔沙塔中尉作为军队的一员，一定能在战争部和土地物产之间建立长期稳定的关系。

冯·德尔沙塔先生从此便是总经理先生，而且这也明确地表示，总经理就是他的头衔。但是，人们不是更应该叫中尉先生吗？在这样一个危急的时期，在这样一个一半的律师都成了中尉的时期。一定是什么人把总经理这个头衔散播了出去。从现在开始，他便叫作“总经理德尔沙塔”。尽管原本作为“不可或缺的人才”管理这里的农场主，几周之后又再次出现，但境况却令人叹息。他必须要进行四周的军事训练，直到他的家人找到有力的庇护为止。最终，农场主还是回到了他的土豆事务上，但已经不再是这里的主宰，而是变成了德尔沙塔的专业顾问，只能接受经理的待遇。

德尔沙塔是个本质上小心谨慎的人，不喜欢看到那位农场主在他身边。两个适合入伍的男人同时出现，绝非什么好事。但他急需一名秘书，而且担心会因此招来第三个不去挖战壕的男人。他试着赶走那位农场主，但对方现在已经坐稳了位置。因此，德尔沙塔先生放弃了找男秘书的想法，决定物色一名女秘书。

希尔德早已厌倦了看护病人，幻想着红十字会的工作应该更适合她善良的内心和卓越的能力，因此数月来一直在寻找公共服务领域内的职位，也就是说成为某个重要人物的得力助手。她的女友 G. 太太认识德尔沙塔先生，希尔德也由此获悉了秘书职位的空缺。冯·德尔沙塔先生很欣赏女性的妩媚，而且在那个时代，聘请优渥家庭的女儿当女秘书已经不再是什么新鲜事，这既有益于国家，也有益于妇女解放，希尔德很快学会了速记，成了女秘书。

按照那个时代的风俗，希尔德很骄傲能"自己赚面包"。她的父亲仍然没有娶那位女管家，但已经疲于对方一再的催促，也被女儿的叛逆反复折磨。他也厌倦了火车站的工作，战争持续的时间太长了，他早已想念自己原本安静的办公室、安闲的俱乐部和松软的小面包，他的胃很难消化玉米面。总之，他没有反对女儿成为女秘书。

但如果他更了解冯·德尔沙塔先生——或者更了解自己的女儿，即便再疲惫不堪，老迈尔科尔还是会反对。希尔德深信旧道德的愚昧可笑，也深信自己的独立自主。市民阶级的女孩们在战争期间发现，女人可以按照自己的意愿支配她们的身体。这令希尔德十分欣喜。因为这个理论，她对德尔沙塔先生向女秘书提出的所有要求都从未反抗。那个时期，当女人们受到错误的对待，她们会陷入幻想之中，认为做这些是自己的义务，这样才和母亲那一辈人有所区别。当保守派在控诉约束的普遍松懈，处女的贞洁却被男人们认为是罕见的现象，还被黄毛丫头们视为一种负担。有些女性根本得不到享受，因为她们把性当作义务在执行，因为她们骄傲，她们可以像男人一样去爱，而这份骄傲比爱更让她们感到满足。冯·德尔沙塔先生不需要佯装出爱慕。希尔德雄心勃勃地认为，自己可以仅根据其身体能力评价男人，就像男人以同样的方式评价女人一样。这从一开始就免除了德尔沙塔的努力。没有任何激情或情欲，仅仅是由于原则问题，希尔德和总经理先生发生了关系，当然是在工作时间。因为这样，她同时可以保持那种作为重要官员“得力助手”的自我意识。如果这场艳遇有任何诱惑之处，那就是好奇。但即便是这份好奇之中，也掺杂了一种类似自然科学的研究热情。性爱时间和办公时间一样，某种程度上应该从办公时间里减去。那种冷淡的情欲感觉像办公室长沙发的棕色皮子，他们就是在这个沙发上完成交合的。黄色铅笔和速记本就在旁边的地毯上，等着发挥作用，因为总经理先生不喜欢浪费时间，在水龙头边认真履行卫生要求的时候就开始口授了。可以说，这是加贝尔斯贝格[①] 系统的情爱田园诗，而且完全符合这个危急的时代和国家所处的险境。

这件事可能不会有任何后果，如果一名办公室办事员的命运没有牵扯进来。此人名叫瓦夫尔卡。在德尔沙塔到来之前，瓦夫尔卡一直被评定为“不可或缺的人才”，他已经习惯了把战争视为一件不会危及自己的事。但总经理先生却一心想让身边尽可能少地出现健康的男人，便取消了他“不可或缺”的身份。为了得到宽宥，瓦夫尔卡向总经理先生祈求了很长时间。这个可怜的人跪在高大的德尔沙塔先生面前，哭诉自己家里人口众多，有六个孩子——情急之下还多加了两个，妻子病弱。但是，对自己命运的担忧让总经理先生变得比原本还要心狠：瓦夫尔卡必须入伍，这已经成了板上钉钉之事。

这个可怜的男人决心报复。他知道希尔德的父亲是谁，而且头脑简单根本无法理解希尔德的女性解放思想，因此，瓦

---

① 弗兰茨·科萨韦尔·加贝尔斯贝格，19 世纪初为日耳曼语创造了速记法。——译者注

夫尔卡认为，他偷看到的在长沙发上发生的一切都是勾引无知少女的老派故事。他单纯地以为，主人们必须要保护荣誉，如果受到破坏，就要以决斗的方式来捍卫，或者直接开枪射死对方。他似乎已经看到总经理死在办公室里，太阳穴中枪，冯·迈尔科尔老先生伤心但骄傲地站在一旁，沉默不语，而且最重要的是——自己将再次成为“不可或缺”的人，从而得到拯救。他找到冯·迈尔科尔老先生，把自己偷偷看到的一切都和盘托出。冯·迈尔科尔先生想的基本和瓦夫尔卡并无二致，作为部门长官和骑兵上尉，社会荣誉的戒律迫使他去找引诱自己女儿的人谈一谈。当然，作为一个根本不理解女儿，但血液里流淌着旧骑士传统的男人，冯·迈尔科尔先生手拿皮鞭，前往总经理先生处。

冯·德尔沙塔先生早已下定决心，无论什么代价，也不能把命搭出去，无论是在前线还是后方。为了保命，他扮演出一副罪人坦白从宽的样子，一切皆因为痛苦地深爱着希尔德，并向冯·迈尔科尔先生求娶他的女儿。希尔德虽然很想继续自己的性爱自由，但也认识到，必须要阻止一场灾难的发生。她成了偏见的牺牲品，结婚时还幻想着能有一份自由、现代的婚姻，夫妻双方都能做自己想做的事。

但她想错了。她的丈夫原本赞同女性性爱自由的观点，但突然把婚姻视为神圣的制度，决心——按他的话说——保护“家庭的荣誉”。他甚至嫉妒心极强，命人监视自己的妻子。他聘用了一名新的女秘书，和她继续以往那些事。瓦夫尔卡去了前线，或许已经死了。希尔德有了一个孩子，这不过是她丈夫的一个预防措施。希尔德觉得这是侮辱她的一种证明，是德尔沙塔在自然的帮助下证实了，女人的命运就不是自由的，不过是装孩子的容器。她恨这个孩子，一个男孩，可恶地与他的父亲极像。现在希尔德被两个德尔沙塔包围着。即便一个离开家去了办公室，另一个还在摇篮里哭。他们两人经常都睡在她床上。在这个世界上，她再也没有任何人了。和自己的父亲根本无话可说，他不理解自己的话。希尔德唯一的朋友 G. 太太给她出的都是低级的主意——让她去偷情，这是唯一的报复方式。但德尔沙塔多疑而谨慎，是那种旧式的家庭暴君。希尔德身边根本没有值得去牺牲婚姻的男人。因为希尔德不再那么随便。不幸让她更挑剔了。

巨变到来。冯·德尔沙塔先生失去了他所有的关系、品级和头衔。人们必须节衣缩食，解雇保姆，聘用一个廉价的厨娘，不再举办晚会，也不再去社交。冯·德尔沙塔先生失去了女秘书们，把雄性荷尔蒙全部集中在妻子身上。他变得嫉妒心更强。第二个孩子出生，仍是男孩，和第一个孩子一样，都和父亲极像，都被希尔德所厌恶。冯·德尔沙塔先生投身商贸生意，联系上了那些可恨而精明的犹太金融资本家。受到其中一人的委托，他搬迁至柏林，作为委托人在德国城市交易所的代理。但在这些丑恶的富商眼里，他是个“高贵的人”，在德国“很有代表性”。身上没有一滴犹太人的血液。他是个贵族。

冯・德尔沙塔打理的都是些他完全不理解的空壳生意。和那些有钱人交往，但既鄙视那些人，同时又尊敬和害怕他们。他努力去偷学那些人的“诀窍”，因为他以为这肯定有什么诀窍。但他不知道，祖祖辈辈的先人被折磨和屠杀了，被拘禁在强行划定的居住区里，被强迫从事货币兑换，这些都属于能做好生意的条件。他成了怯懦的反犹主义者，这些人开始因为敬畏而憎恨，而且他们一旦生意失败，或者一旦认为别人比自己更有心计，就一天千百遍地对自己说：如果能再出生一次，我要做个犹太人。而他糟糕心情的很大一部分原因就在于，要再出生一次太难了。而且由于和商业伙伴及熟人没有办法谈及自己个人的痛楚，他只能对希尔德把心事倾吐出来。希尔德让他说，但不会安慰他，其实德尔沙塔的不顺令她高兴。她傲慢而满怀厌恶。懦夫总是快速地趋利避害，总经理也立即欢迎新世界的规则，唾弃旧世界的陈规。他把这些称为“转变”，而且承认，自己的婚姻缔结得太过匆忙，是革命世界观的一个结果。他思考这个婚姻，就像思考着爱国主义、战时嘉奖和王朝思想。旧世界瞬间崩塌，给他唯一留下的就是这愚蠢的婚姻，而且这愚蠢婚姻的前提是愚蠢的名誉守则。那今天呢？今天没有哪个理智的人会和一个老糊涂的部门高官讨论她女儿的名誉问题。枪，皮鞭，决斗，婚礼！真是场戏。如果我没有娶希尔德，德尔沙塔心想，我一定能搞到一个犹太富商的女儿。金头发的雅利安女人也很抢手。有时他会陷入暴怒之中。他没有参军，没有头衔，没有地位。四周再也没有什么规定能强迫他约束自己。他完全放纵自己的情绪。门响了，椅子倒了，他便用拳头猛捶桌面，连吊灯都开始微微颤抖。希尔德瞪大了眼睛，痛苦扼住了她的喉咙，泪水在眼角灼痛。但不能哭，她想，不能在他面前哭。我应该试着感到惊奇，对，只是惊奇。真是个畜生！一个屠夫！他的后颈先红起来，血从背面涌到脸上，手背上的汗毛也竖起来。她这时一定要赶快想别人，想想就已经是一种安慰。她想到了自己的父亲，父亲每天都要上百次地克制自己的情绪，即便陷入无声的愤怒之中，也要温和一倍。父亲！但他已经老得糊涂了，而且从来没有理解过她。即便他现在在这里，最多也只能和自己的丈夫拔枪相对。

她还会想起弗里德里希。但她已经记不清他的样子。她所记得的弗里德里希已经不再是一个活生生的人，而更像一种有趣的影像。一个年轻的理想主义者，一个革命者。但并没有做到矢志不渝。最终还是和其他人一样，都入了伍，或许已经牺牲了。

度过通货膨胀之后，总经理先生又成功地得到了一个代理职位——钢铁企业驻柏林办公室的经理，状况好起来，心情也好了很多。但希尔德却总是想起弗里德里希。

一天，女仆给希尔德送来一封信。信封上盖了很多邮戳，边缘处交错写着好几个邮局的记录。圆圆的邮戳像戴在胸口的勋章。这封信像一个战士，刚从激烈的交火中归来。信封上写着她的旧地址和她的闺名。希尔德很怀念这个名字，她温情地看着这封信，这是她偶尔回忆自己少女时代时才有的表情。这一定是一封情书，曾苦苦地寻找她，经历了如此多的艰辛和歧途，这是一封忠诚而执着的信。写信的人应该早就死了，希尔德心想，这个念头令她加倍地温柔起来。她小心翼翼地打开。这是弗里德里希的最后一封信。

第一个字就让弗里德里希又离她那么近，她记起了他如何走路，如何问好，他的动作，他的声音，他的沉默寡言，他的手。他的脸却看不清了。但希尔德的手臂好像感觉到了弗里德里希迟疑的触碰，鼻子好像闻到了那天两人曾一同走过的夜雨的气息，眼睛看到了那间小咖啡馆里的黄昏。突然的一阵心痛打断了她的回忆。弗里德里希死了。他消失在时代的混乱里。死在监狱里，饥寒交迫，受尽刑罚。我一定要穿丧服，她心想，穿丧服。他是我曾遇到的唯一，而我又是怎么对待他的！

这时，她的丈夫走进了房间，她的悲伤就消失了，或者被压抑，被光明的胜利所掩盖。总经理先生惊讶于妻子的好心情。这令他恼火，也不知道为何。妻子有什么理由高兴？我今天又很不顺利，我要破坏她的情绪。他大声说：“你为什么这么高兴？”她看着丈夫，没有回答。她的喉咙没有感到痛，而且很确定，自己不会哭。那封信躺在抽屉里，好像散发出神秘的力量。如同往常每天一样，德尔沙塔的两个儿子散步回来，他们的脸红扑扑的，健康而圆润，而且总是在争吵。她让保姆把孩子带下去。她没有吃饭。她第一次清楚地看到自己的丈夫在餐桌上的仪态，他早在儿时就学习了如何使用刀叉，但现在吃饭仍然像个野蛮人。他的目光迷惑地看着报纸的专栏，手里的勺子试探着送向嘴边，像个盲人。尽管某个新闻好像吸引了他，但没有减少他对食物的热情。胃口真好啊！希尔德想，好像有胃口是一个低等的性格。有些人行为真是奇怪。她似乎觉得自己的丈夫是个在餐馆遇到的陌生人。他跟她完全没有关系。她自由了。

她有什么方式能知道弗里德里希的命运呢？如果勇敢些，她可以走出去，前往俄国，去找他。这个小说般的念头真是不实际。但她又觉得，如果真的相爱，就没有什么是小说般不切实际的。难道还会比她经历过的更离奇吗？他们第一次相遇，他的离开，他在西伯利亚被囚禁，他的归来，他的不辞而别，还有最后这一封信。他难道不像从天上掉到她身边的吗？或许就是那声求救的呼喊，她已经等了太久了。无疑，一切都那么神奇，她不应该害怕那些所谓不切实际的行动。

三

当弗里德里希站在演讲台上面对底下的年轻人时，过往的经历像重担一样压迫着他。他觉得自己很老，似乎有一百岁了。有时候在家里一边看自己镜中的样子，一边说服自己，他的脸并没有比十年前老。其他人的年轻和健康似乎不是生理特质，而是精神上的。那些人比他要小六岁、八岁，甚至十岁。他们应该能明白他说的话。但每一句话他都会想，我代表的是历史教科书，但不是正规的教科书。有时他说出的一个小词就暴露出自己是个早年的反叛者。他能感觉到，听众们的背上爬上一阵战栗。他停顿了一下，好像因为一时语塞必须中断一会儿。他突然震惊地发现，这些年轻人里没有一个像他一样，曾孤独而满怀恨意地走过城市的一条条街道。他们唱着歌，高举着旗帜，涌向庆典、演讲和集会。他们像征服者一样，继承了这个新世界。但他们什么也不曾征服，他们只是继承者。他们不再需要以仇恨来对抗仇恨。他们之中不再需要有人失去故乡，失去幸福。人们将悲伤驱赶，因为它反动，是倒退。人类要焕发出新的生命，新人类已经出现了，身强体壮，眼睛里都是太阳。毫无畏惧，因为没有受到过惊吓。勇猛果敢，因为再没有危机四伏。他没有变老，只是这世界如此崭新，显得他好像已经活了一百年一样。他逐渐感到了老年人的淡漠，慢慢散发向全身，如同一块裹尸布盖住了一个活生生的人。从此，痛苦就像压低了的嘈杂声，喜悦也开始对人敬而远之，欢愉在正享受之时就感觉像早已逝去多年，不过是些残留的痕迹，是的，它们不过是对欢愉的回忆。

其他人——他的战友和同龄人——或许也一样，都陷入工作之中。人们坐在办公桌前，这些办公桌代替了王座，成了代表执政者的器具摆设。大家一直写，一直读，很少上街。这些人的窗户对着城市的周围或者克里姆林宫。看到的要么是田野上的雾和工场烟囱里冒出的烟连成一片，要么是一小片草坪，几个红军的卫兵，或者三三两两的公务拜访者。他们坐着封闭的车穿过城市。健康与疾病、死亡率和出生率、饥饿与饱腹、犯罪与激情、无家可归与醉生梦死、文盲与学校、愚蠢与天才，所有这些都在报告里，即便被称为“人民的意见”，但仍然呈现出统计数字的样貌。所有人都预见到美好的未来。乐观成了首要义务。老年人用他们年迈疲倦的脸，患病的身躯，深受折磨而目光短浅的眼睛，努力去模仿年轻人欢快的语言和健硕的生气，他们像那些被儿子们带着去郊游的父亲。

“人都变得认不出来了，”弗里德里希对别尔泽耶夫说，“你还记得 R. 吗？他也成了乐观主义者。他离开书斋，去基层和士兵们待个一小时，然后说：‘这些小伙子真棒！’大家谨小慎微地接待他，他拍着人们的肩膀。他原先曾说过，自己害怕群氓，我也应该害怕群氓，现在却高兴得像个孩子。从民众中来的人有这机敏的知觉，他们知道 R. 喜欢什么。然后就做他喜欢的事，说粗陋的话给他听。他开心极了，把这些带着佯装的信任说出来的话都收集起来，就像曾经的宫廷侍从收集陛下仁爱下民的证据。为了他，士兵们在扮演‘人民陛下’。之后，他又高兴地回到书斋中，深信自己与大众并没有区别。因为他有证据。他们跟他说话都很坦率，他用自己纤细的手指拍过他们强壮的肩膀，大家坦诚地告诉他，对他的执政艺术没有信任。人民极具出神入化的表演天赋。”

“根据我军官学校毕业的简单头脑所理解的市民阶级的本质，”别尔泽耶夫说，“我认为，我们的同志们已经变成了市民。或许他们一直就是市民。不过他们生活中的紧张、恶意与贫穷阻止了其市民阶级的本性。现在，动荡不安的时代已经过去了。我认为，市民的特点就是乐观。事情会柳暗花明的。我们会胜利的。将军知道在做什么。敌人已经被消灭。妻子对我忠贞不贰。现在一切都在往好的方向发展，而且会一直保持下去。我们现在住上了有家具、有抽水马桶的房子，孩子们在走廊里玩耍，在学校里也取得了进步。你看到萨维里家已经布置好了吗？天，真是一掷千金！但并非我们的报纸批判的资本主义国家的那一套，咱们的同志鄙视奢华，但他们狂热地喜欢资产阶级的舒适，还热衷于购置小摆件。据说，萨维里变得很残暴。百分之八十的处决都要算到他的头上。我一周之前去过他那里。他买了带小花图案的茶杯。他不再用玻璃杯喝茶了。有人从德国给他带来了能制作纯正土耳其咖啡的器具，他给我讲了整整一刻钟，这咖啡是怎么做出来的，而且说的时候满是惊叹：'德国人真是天才！'一个美国记者在他身边，萨维里对待他态度很正确，就是说非常恶劣，颐指气使。有时他这样回答那个美国记者的问题：'这与您毫无关系！'或者：'您告诉您的老板，我们对待资本主义记者已经比其应得的要友好太多了。'但当这个美国人走后，萨维里思考了几分钟之后说：'这些美国人，一个精明的民族。他们非常了解自己想要什么。'我们再等两年，萨维里会当面把这话说给美国人听。"

"像我们这样的人，"弗里德里希说，"在俄国还有多少？那些曾和我们并肩战斗的人，他们要么消失了，要么回家了，变成了市民、工人或者办公室办事员。留在我们身边的人太少了！人们现在开始整合军队。现在人们给我们打招呼都带着敬意。在有轨电车里，一个同志还给我让座。我老了，我们老了。"

一周后，R. 对弗里德里希说：

“或许最好的是，您和您这种悲观主义不要留在莫斯科了。我们之中有人提议，您应该到伏尔加地区去。”

“不要再骗人了！”弗里德里希嚷道，“您可以直接说，这是您的主意。”

“是的，是我提议的！我只是想避免您感到不悦。”

“没有人求您这样做！只要我想，我就一直留在这里！”

“这您做不到。”R. 说，“您将要离开，无论自愿与否。萨维里会负责此事。此外，您读了我的文章吗？我写这篇文章就是针对悲观主义的。我指的就是您和您的同伴。”

“您还记得，”弗里德里希说，“您在维也纳是如何评价萨维里的吗？他会把我们都绞死，您说！”

“我那时说的是另一个萨维里。这是有区别的。萨维里当时人微权轻，但现在——而且现在他已经不用这个旧名字了，他再也不是那样了。”

“您是因为害怕才这么和我说话的吗？”

“不是因为害怕，是因为谨慎。也是因为信念。萨维里不可以知道我们谈话的内容。我警告您，也不要跟其他任何人说起。”

“您倒是说出真相啊！是您想方设法要悄无生息地把我赶走。都害怕我有野心。我没有！我毫不在乎你们的革命！”

“那更好。那您尽快离开吧。但不要告诉任何人。我永远不会承认，曾跟您谈过话。”

“但是我听到了您二位的谈话。”别尔泽耶夫突然说。他打开了门，门外是一条走廊。“我刚在那里站了半个小时，都听到了。”

他走到R.身前，举起拳头。R.抱头缩成一团。别尔泽耶夫的拳头打中了他的耳朵。R.立即钻到桌子底下，喊道：“您冷静一下，要么，您走吧！”

弗里德里希和别尔泽耶夫走了出来。

“我或许会去德国。”弗里德里希说，“你当然要和我同行！”

“不！”别尔泽耶夫说，“我们要分开了。你不要因此对我生气。我必须向你坦白，我无法离开俄国。我现在很高兴，能安全地生活。从少年时期以来，这是我第一次坦然地生活，没有什么需要隐瞒。这里是我的祖国。我爱它。我离开它时，会思乡心切。我无法再生活在别的国家了。总而言之：我要留下。”

“如果我是你的话，”弗里德里希缓慢地说，“我一定会陪伴朋友。”我没有祖国，他暗自心想。但他羞于把这话说出来。但别尔泽耶夫猜到了。“我只是个俄国人，”他说——而且这话听起来像是一种批判，“我什么都不会。我只能留在军队里。在外面我只会拖累你……”“珍重！”弗里德里希说。他跟别尔泽耶夫握手，两人拥抱，迟疑地，好像每个人都还有什么话要对对方说，但却说不出口。当一个无尽的空间将两个拥抱的人分开，他们就像站在湖的两岸，相互望着对方，知道自己说的话对方听不到，所以也没有意义再将它们说出来。

三天后，弗里德里希一个人站在火车站的大厅里，等待开往西方的列车。

天色渐晚，车厢里坐满了士兵，他们接到命令赶往边境。大家在谈政治。

“在德国，”其中一个说，“距离革命爆发还有一周。之后就是法国，然后是英国，最后是美国。”

“笨蛋，”另一个说，“谁告诉你这些的？”

“我听了一个报告，是 R. 给大学生们做的。”

“真是胡说八道，”另一个说，“首先你没有听懂那个报告。第二，他可能说的是其他意思。第三，R. 是个犹太人，他的话我一个字也不相信。我曾在 T. 身边执勤过几天，他总和我们这么说。”

“是犹太人或者不是犹太人，这个问题在我们这里已经不存在了，宗教也不存在了。”

“但笨蛋一直存在，因为你还活着。”第三个人说，随之一阵哄堂大笑。

“那谁是聪明人？”弗里德里希问。士兵们说了三个人，他们的名字正在俄国，甚至在世界不断回响着。最后，有人又提到一个名字，是萨维里现在正用的名字。有几个人表示赞同。

“一个伟大的人物，”这个人说，“他知道该做什么。我曾在X部门的走廊里遇见过他一次。走廊又窄又暗，我退后一步，让他过去。我向他问好，他抬着头，没有回应，只是用黑夜和寒冰一样的眼睛看着我。我顿时觉得很冷。他知道自己想要什么。大多数聪明的犹太人都只会说预言。这是广播的原因，因为乡村里愚蠢的农户什么都听。现在大家都听不到有思想的内容了，所有的东西都是要广播的。”“对！”另一个人惊呼，“我有时候觉得，同志们认为我们比实际的要笨很多。很简单的事情他们都重复上百次。我都已经会背了。报纸里也总写一样的东西。”

他们说的和我又有什么关系？弗里德里希想。我正开始一段崭新的生命。

四

但这段新开始的崭新生命，好像是已经经历过的一样。弗里德里希已经知道它是什么样子的。他像是一个戏剧演员，踏上舞台，表演一段已经在无数个夜晚上演过的情节，只能模糊地希望，或许能出现一些小的突发状况，在紧急情况下仿佛可以轰动一时似的。他甚至希望能有一些小的不幸发生，比如被捕、被驱逐出境或者被监禁。

如果换作其他人，或许会想到革命。弗里德里希也惊异于战争没有重新开始。他来到德国中部的 M 市，在战争期间曾在此逗留过几天，当时一直在下雨。他看到，这里还是阴雨连绵。咖啡馆的大玻璃窗上仍挂着一些张贴画，表示法国、英国、波兰和其他几个国家的人在这里是不受欢迎的。学校仍铺着红砖，当你早晨从校门口经过时，能听到孩子们清亮的歌声："我曾有一位战友。"市中心是一座红砖建造的教堂，财政局和市政厅同样也用的是红砖。尽管所有的房子都有些可爱，像是另一个空间里的孩子在玩耍时搭建的，但还是显露出一种金字塔般恒久的感觉。雨还在下，似乎下了五六年。有轨电车依旧悠闲地在街上来来回回穿行，只是女售票员已经回到了家里的灶台边。女人们还戴着一样的帽子。那个当年给了他第一本假护照的同志，现在哪里？他还活着，如今已经改换了中立的立场，成了议员。那位政党领袖现在哪里？他已经成了柏林的政府官员。尽管作为共产党员的裁缝现在是与社民党领袖势不两立的对手，但弗里德里希由于没有亲历这一切，还是觉得两人走的是平行的持续升迁之路，就像军官或者国家官员，在某个职务的任期结束之后就晋升到了更高的等级。尽管在互相的争斗中两人都获得了一份尊荣，但作为激进政治家的命运却讽刺性地赋予了两人惊人的相似性。就像犹太人，他们祈祷的时候总是面向东方；而革命者在开始进入公共视野的时候，总是有右倾倾向。即便裁缝同原本一样激进，这个规律在两人身上也没有改变。裁缝每个月都在郑重期待革命的到来，甚至还因为羞辱政党领袖而进过监狱，现在的人身自由还要感谢议会豁免权。二十年前，那位被羞辱的人也曾同样身陷囹圄。但现在这两人似乎都把这些忘记了。谁知道呢，弗里德里希想，也许二十年后我的同志也会因为被羞辱而提起诉讼。革命仍然是左倾的，只是革命的领导者变得越发右倾。“上一周，”裁缝讲，“两个警察使用暴力将我请出了州议会。您真应该看看！哦，我们这里和莫斯科想象中的不一样，也不总是那么平静。现在或许要面临铁路工人罢工。党组织正在紧张地组织。我们在汉堡已经赢得了五千支持者。在这里，M 市，我们也有很强的后盾。百分之五十的工厂工人都肯定支持我们。我们这里的党费缴得最准时。每周我们都有两到三个晚上有活动。”这位同志的爱国主义具有多么强烈的局域性！弗里德里希心想。对祖国的爱就是以这种方式产生的，为了这个选他做议员的地区而骄傲。此外，他甚至保护这个选区的反动党派，认为他们比其他地区的反动党派要好很多。我在这里有不少机会，去从源头上见证对故乡的爱、对选区的爱是如何产生。他认为，这里的共产主义者是最具革命性的。而且，他的变化真是大！现在穿的是俄式短上衣。我上一次来这儿的时候，他还穿着没领子的朴素衬衫。就像那些市民阶级的男人在追求事业的过程中会长出双下巴和啤酒肚，这些被我称为同志的人也为自己置办了革命者的衣着和公文包。几年前他还戴着礼帽，现在变成了运动帽。当时他还分着头，现在把头发全都梳到了脑后。自己甚至都没有察觉，他的革命立场像双下巴一样，不知不觉之间便形成了。这位同志是值得信任的。

弗里德里希以正式的外交身份去拜访曾经的政党领袖。他现在居住得很“符合身份”。前厅如迈尔科尔家那样气派，只有书房还是原本的样子。简谱也是一种装饰。那个形状像军刀的裁纸刀仍然放在桌面上。墨水瓶上的圆盖子让人想起清真寺的圆顶。带有勿忘我花纹的相框里依然装着两个儿子的军装照，尽管他们都幸运地退役回到了家里。新增添的是他本人的一张油画，由国家一位著名画师所作。画家为何如此？画家作画，一直画。先是皇帝，然后是两个受欢迎的将军，再之后是极端主义者。艺术和政治毫无关系。画家想维护工作室里的那方安宁。艺术像圣诞节，一个节日，那一天所有人的心都在同一个节奏上一齐跳动。油画上的政党领袖真好看！目光看向祖国的未来，右手撑在写字台的一角，左手摆弄着铁制的表链——表链已经从金的换成了铁的。这是毫无疑问的，因为表链被画成了灰色，它必须是铁制的。油画上的他不像在领导某个政党，而是统揽所有党派。皇帝谁也不认识，而他认识所有人。“我们对俄国有极大的兴趣。”他开始说，而且带着一种满足，一种以国家的名义发言的满足。这让他与俾斯麦有类似之处——俾斯麦的回忆录他已经很客观地读过了。是的，他已经不再属于任何一个政党。祖国和政治也毫无关系，就像绘画一样。“在德国，”弗里德里希回答，“所谓的左派或许在百年之后才能做到坚决与对手斗争到底。他们孜孜不倦的努力不是为了战胜对手，而是理解对手。最终，他们足够了解对手，只得承认他们是对的，所以也无法再去与之对抗。”

这位政党领袖迷失在世界历史的广博之中。明显认为自己正在演讲台上讲话，面对的也不是一个听众，而是观者如山的人群。由于没有一刻忘记自己是这个国家的代表，他喜欢将别人也视为某个代表，并且赋予其极其重要的地位，如此一来也增强了自己原本的重要性。由于希望自己说的每一句话都能成为广为传颂的名言，他着重强调那些简单的短语和陈词滥调，这些他几年前就在弗里德里希面前像乏味的朗诵一般说过了，现在再次作为新颖的观点讲了出来。初看觉得他似乎还和原来一样，似乎依旧穿着同样红棕色的双排扣西装，裤子依然落到宽大、笔直、硬挺的靴子上，形成好几道横折。这双靴子在商店的橱窗里找不到同样的，看起来应该是花了很多精力和时间才置办到的。但正是这份为了显得朴素而花费的所有辛劳，恰恰与那些费尽心思想站在世界历史舞台中央的人无异。而且，他还一直说这样的话——“要是当时听我的就好了”，“这样的结果我当然早就预料到了”，或者“我一直强烈谴责这样的鲁莽草率”。而且说这些话的时候，他似乎深信，身上那件粗劣不堪的西装证实了自己多么具有先见之明。有时，他会用“我们”来指代他的国家，认为这样的表达方式是谦逊而无可指摘的。在他口中，“我们”和“我们的”这样的词听起来都像一个大商场的职员，已经将自己与公司完全等同起来，但其实，雇主的收入所得并没有分给他一杯羹。

一段时间之后，在大使馆组织政客、记者、外交官和工业家等人参加的聚会上，在这次被专业人士和报纸报道称为“非正式”的活动上，弗里德里希又见到了这位政党领袖。所有的男士都身着燕尾服——典型的“非正式”衣着。他们吃着夹心面包，黄油上还交错地铺了几条沙丁鱼。不知为何，每个人手里都拿着一个盘子，或者一个茶杯，或者一个空玻璃杯。大家都在默默寻找能把餐具放下的地方，但最终无果。聪明的客人则走到窗台边上，把自己的盘子放在这个危险的位置之后离开，神色淡定，但隐隐担心它们会掉下来摔碎，直至走到房间对面的角落时才舒一口气。但大多数人都和他们的盘子铐在了一起，很难活动自如。聚会真是越来越“非正式”。

弗里德里希还遇到了几个在苏黎世认识的熟人，见到了伯纳丁和施莱谢尔博士。这两人都成了外交官，而且依旧互相十分理解。他们因为无话可说，沉默地并肩走在一起，结成了一生不可分割的同盟。彼此早已坦诚相待，知道了对方的一切。如今，对当年推诚布公相互坦白的回忆，仍将两人维系在一起。他们是“和平之友”，就像曾经在同一条战壕里的两个男人是战友一样，但也各自代表自己的国家。两人都深切关心德国和法国之间所谓的友好关系，而这一关系如果遭到破坏，两人都可能被谴责玩忽职守。因此，伯纳丁和施莱谢尔博士都将守护和平视为自己的事业。这种抱负对弗里德里希而言，与战时一名将军的野心并无两样。这还像那些职业的婚姻中介，十分关切自己撮合的“婚姻”幸福与否，因为他们的收入就依赖于此。同样，伯纳丁和施莱谢尔博士也对两国之间的和平万分焦心。他们对待和平，就像战时对待国家机密一样。只有当一人的名字在报纸上出现得比另一个更为频繁时，或者当画报上刊登参会人员的集体照，一个人的脸比另一个更清晰时，两人的友谊才会出现嫌隙。这次“非正式”的聚会也被一名摄影师拍摄了下来，准备以“一次外交茶会”为题刊登在周日增刊上。伯纳丁和施莱谢尔博士刻意相互保持距离，因为他们认为，不要让民众发现他们的结盟才是外交上明智的选择。但尽管他们的身体都带着英雄式的淡泊名利隐藏在背景里，头仍然从前排两人的肩膀之间探了出来，只是为了能有自己的一席之地。因为总是偷偷担心闪光灯会突然在某个时刻亮起，而自己又没有摆出那个自以为最好的表情，所以两个人总是斜眼偷瞄对方，思量着谁才是更好、更显眼的那个人。记者们的职业就是察觉秘密，认为两人之间的眼神代表着外交关系紧张。每个捕捉到这种眼光的记者都已经在想，或许可以用“据知情人士透露”这样的万能金句把这些登在早报上。

在这次聚会上还有一名记者，不屑于探究这些眼神。他就是聚斯金德博士。弗里德里希多年前曾在火车上见过他。当然，他肯定已经认不出弗里德里希这位曾经的同路人了。即便仍能认出弗里德里希，也不会阻止他向一名使馆新闻专员大声说道：“战时我曾经去过奥地利，当时我立刻知晓，我们将要输掉战争。您或许还记得我在戈尔利采战役[①] 后写的文章吗？”战后，使馆新闻专员这个职业的人十分常见，他们似乎成了民主时代的开启者。但这个人应该还没有足够熟悉外交工作，所以没有去实践外交礼仪，直接回答：“不记得了。”聚斯金德博士只得费尽口舌地复述了文章的主要内容。文章里透露了明显的悲观主义预期。弗里德里希还记得当年在火车上，聚斯金德

① 一战期间德奥军队对俄国西南方面军的突破，使俄军放弃了其占领的奥匈帝国要地。——译者注

博士的乐观主义情绪。“我曾有幸，”弗里德里希对聚斯金德博士说，“见过您。”“我完全不记得了。”这位正直的记者说，因为真实对他而言高于一切。“您当时在火车上，与一位普鲁士上校和一位奥地利少校同座。”弗里德里希执着地继续讲道。“啊，是的，”聚斯金德博士说，“但我当时没有注意到您。”和他再说下去已经没有意义了。聚斯金德博士似乎在加入谈话之前，对所有的事情都要探究一下，看看弗里德里希说的是否是实话。“我当时真是没有注意到您！”“我们见过面，”弗里德里希说，试着唤起对方的记忆，“您的太太当时在K城等着接您。”“这样啊，”聚斯金德博士淡然地说，“那不是我太太，是我妻妹。”这个故事也就到此为止。

在这个聚会上，新出炉的外交官们绝对不会认为聚斯金德博士这样执着的寻根究底有任何的突兀。上一代外交官的愚蠢和野心带来了战争，他们对于神秘游戏怀有某种盲目的喜好，但至少还展示了某种社会形态和自然特征。这些人的衣钵在战后由市民阶级中的知识分子继承，比如编辑、文人、教师和律师，他们带着一颗对正直的炽热之心，努力去模仿国际政治传统中那些权谋计策，甚至在两公里之外，你就能看到他们守护国家机密的那份孜孜不怠。他们持有外交护照，而且对此甚至比海关检察人员更加敬畏。穿越边境时，在小市民阶层持家特性的驱使下，他们会在上锁的箱子里夹带给妻子的蕾丝花边，以及招待客人的酒。新旧国家之间的外交往来有了一种市民阶级家庭聚会的风貌，所以，啤酒这种相对温和的宴会饮料，成为政治的麻醉剂也并非偶然。啤酒晚宴也深受欢迎。在普绍尔啤酒的推杯换盏之中，各民族实现了和解，就像曾经人们喝着香槟筹划战争一样。人们都变得安居乐俗起来。资产阶级对全球的统治才刚刚开始。

在这小资产阶级外交当中，只有唯一的一个无产阶级国家，它的代表却掌握了所有旧的外交形式。由于长年与政府官员斗争，自然而然变得城府颇深，对计谋和伪装都有机敏的嗅觉，既蒙骗盟友也蒙骗对手，而且以此为乐。这一切让革命的代表人物呈现出某些独特之处，而正在没落的旧世界里，旧传统、贵族血统所承袭的经验、宫廷礼节的教育，让那些外交官具有同样的面貌。弗里德里希的主要任务是与人交谈，但在他看来，所有这些人中没有一个人善于思考。而不思考，就不可能对这个世界做出哪怕一个简单的判断。所有的人都像潜伏在战壕里的士兵，了解的只有周遭的方寸之间。这是一场战争。所以，每个人都有自己的级别，或者至少有自己特定的职责，只要确认对方的制服或标志就足够了。如果有人问起，某个多年来每天都与之交往的人，他是善是恶，是聪慧还是愚钝，是热情还是冷淡，是立场坚定还是随波逐流，这个被问之人一定会如此回答："您询问的这位 X 先生，他只抽雪茄，已婚，正在与我协商托木斯克的开发许可，此人很受其领导赏识。”的确，“人性特点”好像成了早已结束的人类历史阶段的标志，只有在墓碑上为死者写的悼词里才存在。人类的那些特性似乎逐渐消失了，就像某种商品一样，因为市场上对此不再有需求，它似乎可以被其他更受欢迎的商品替代。在问到某人是谁的时候，弗里德里希得到的答案从来都无非如此：“X 已经退党。B 是一家民主报纸的编辑。Y 是 Z 工厂的总经理。”这样的回答并非由于大家都相互毫不关心，而是因为一个编辑只可能是编辑的样子，而一个总经理也只可能是总经理的样子。某个人从事哪种职业或者表现出哪种政治思想，这已经是能对他进行的最私密的评价了。由于从来没有固定职业，弗里德里希心想，我应该是人类中独一无二的一个。我狡黠，并不与人为善，自私自利，铁石心肠，又聪明睿智。但我没有志向。我的豪情都已经熄灭了。我的目标原本是影响整个人类，而不是影响总经理、编辑、政党成员和无党派人士。我曾经沉醉于洞悉机谋，惩治恶人，匡扶正义，消灭丑陋。我本可以加入某个政党，但现在只剩下旁观。二十年来，为了学习，我一直在观看。其中仅有一年的时间，是在战斗。我人生的余下部分也只会做个旁观者。“您如此这般是何必呢？”帕尔特哈格纳问。

但弗里德里希仍然保持着好奇心，用来积累经验。但这并非最初的那份好奇心，想知道正在发生什么，而且在某种程度上，这只是次等的好奇，只是想为那些已经猜到的事找到证据。某一次，弗里德里希要与一个航空公司的全权代表进行商谈，他对自己说：这应该是个骨骼宽阔的高个子男人，穿着崭新的浅灰色西装，短头发，左偏分，戴着结婚戒指，此外没有别的饰品。写字台上应该放着妻子的照片。为了让我胆怯，电话每五分钟响一次。上等的雪茄和香烟都锁在抽屉里，而给客人准备的烟草则放在桌面上。办公室布置得很朴实，不会有冰冷的皮质家具。浅黄色的软扶手椅，在扶手上放着用汉高清洁剂擦过的锃亮的烟灰缸，烟灰缸也是黄色。这个人还应该是保守派，某种程度上拥护君主制度，是个有原则的诚信商人，但也乐于让人知道，自己绝不蠢笨。

当弗里德里希走进对方的办公室时，所有的猜想都得到了证实。从一开始，这次会谈就让他倍感无聊，甚至不谈也能写出详细的总结。为了找点乐子，也为了让这位全权代表吃一惊，他突然说："和我谈话期间，您不打算切断电话吗？！"这个高个子男人立刻服从了弗里德里希。他的办公桌装备了最先进的技术，像有魔法一样，即便没有电线，电也可以从地下引上来，无论是电灯还是电话，都是无线的。桌上没有按铃，抽屉上没有锁孔，墨水瓶放在桌子的一个凹槽里。底下像钢琴一样有踏板，他用脚踩了下某个键。似乎连手指都没有动一下，这位全权代表一瞬间就把秘书叫了过来。弗里德里希看到，办公室的墙突然打开了，秘书走了过来，就好像原来一直坐在墙内的缝隙里。“切断电话！”全权代表说，随后秘书立即消失了，墙又合了起来。“在我们俄国，电气化还没有达到如此地步。”弗里德里希指着那面墙说。“可以相信，”全权代表回答，“德国要先进得多！”他开始向弗里德里希解释办公室里的技术秘密，就好像在骄傲地引领一个外国人领略祖国的美丽风光，细数高山、深谷和大川。他说“我们的”时会着重强调，就像政党领袖提到他的党派和祖国时一样。“我们的设备，”他说，“三个月之前才安装完成。所有的电路都在地毯下的地面里。您看这里，在办公桌下面，有三个电钮，分别亮红灯、绿灯和黄灯。红色是警报，绿色是呼叫秘书，黄色是呼叫女秘书。此外，如果我按墙的这个位置，那幅画会弹开。”他于是按了一下，相框里那幅画着公司老板的肖像画突然打开，像被风吹开的窗子一样，露出一个秘格，里面放了一些钞票和证件。“我只需要，”全权代理继续说，“拉起这面帘子，就回到了家庭的怀抱。”帘子拉上去，弗里德里希看到壁龛里有一幅真人大小的彩色肖像画，画的是一名女子和两个穿海军服的男孩。画上方的房顶上燃着一盏灯，让这个壁龛看起来十分庄严。弗里德里希走过去，立即认出了这是希尔德的画像，是那个浓眉的画家画的。他即刻决定要去寻找这位总经理的住处所在，但只是为了万无一失，而不是去打扰其家庭生活。“您的妻子很漂亮，”弗里德里希大胆地说。“我们结婚十年了，”全权代表回答，“但我们不再发自内心地相爱。”他说话时看着一把亮晃晃的钢尺，好像“发自内心”是个衡量爱情多寡的词。他站起来，好像在思考。又走向一面平滑的墙，碰了一下墙纸上的黄色花朵，一扇小门便立刻打开，里面是一本皮质书，有厚厚的书脊。书脊能打开，弗里德里希才发现这不是一本书，而是一个小盒子，里面装了酒杯和一瓶瓶的酒。“不喝酒，怎么能愉快地交谈！”全权代理说。一杯酒下肚他声音立刻大了起来，活跃了很多，拍着弗里德里希的膝盖，又打开了绿色办公桌的一个暗格，弗里德里希看到里面放的是色情画和情色卫生用品。“亲爱的朋友，”全权代理说，“这是性爱部门。性是一个重要的因素。”他开始铺开那些色情画。

他又把它们都收了起来，变得很严肃。“调剂，”他说，“是必要的。我每天工作十小时，十二小时，甚至十四小时。”他高高地举起手臂，做了几个体操动作，像马戏团里的杂技演员，在表演之前伸展肌肉，为了证明自己要举的重量确实很沉。

“全权代理冯·德尔沙塔先生，”弗里德里希在报告里写道，“是个好脾气的人。收入颇丰，家庭生活稳定，勤勤恳恳。他不收受贿赂，热爱祖国，因为那是他公司的一个分公司。下文中所写的条件在我看来还并非定论。要想跟他更好地商谈，最好先让他心生畏怯。这是个有奴性的人。”

这些报告弗里德里希写得很用心，尽管知道报告面临着辗转漫长的路途，而且作用甚微。他把这些报告折起来放进信封的时候，就已经看到了它们要经过的一段段坎坷路途，以及将要处理这些报告的一张张面孔。新官僚主义在这个国家散播开，像一群乌鸦，是战争和革命放纵了这群人，他自己就认识其中的一些成员，记得他们卑躬屈膝的面孔，固执和冷酷让他们看起来多了一份残暴和虔诚。小小的嫉妒让他们言辞果敢却行动犹疑，那种狭隘的、隐隐的嫉妒，在理想过早地失落后接踵而至。弗里德里希记得，所有人——摄影师、小书记员、小律师、下级军官、簿记员和胆怯的商人，在各个部门尸位素餐，不关心革命战士的生计。士兵们只得回到早已无法耕种的田地上，回到无法运行的机器边。而另一些人，那些在内战期间起草或抄写了宣言、规定、计划、教材和宣传册的人，手里依旧拿着笔。笔这种纤细而坚硬的器具，是最强大的权力工具。而最终的结果就是，那些应该展现出才华和能力的人，并没有才华，只有足够的力量，用賂聘肘把势均力敌的对手从办公桌挤走，而在自己受到排挤时，又有办法重新回到办公桌边。弗里德里希想起在战时曾取得的胜利，那让他以为自己同别人不同，自己并非是某个号码，也不再需要听从那些暗中的指令。在那厚厚的围墙之后，未知的强权拥有许多无名的爪牙，他们不断地发出这些指令。弗里德里希成功地躲过了那些白花花等着他名字和数据的登记簿，那些蘸了绿色墨水的笔尖像带着毒液，那些拿着笔的千百万书记员像举着长矛瞄准了他，但他逃过了。弗里德里希曾在一家警察局里见过一个官员，那人像是公牛和农民的混合体。他带着孩子般的怒气把一张假申报表递给这个官员。“这一切您又是何必呢？”老帕尔特哈格纳曾问他。

现在，弗里德里希自己也在为这些登记簿写东西。这种技巧像杂耍一般，把姓名填上又抹去，把一些人的存在编造出来又删去，这导致他自己也成了那些部门和办公室的工具。纸是源源不断的吗？哪一项法律让最柔软最易碎的材料——纸和笔，拥有了无上的权力，可以支配铁与血、头脑与身体、水与火、饥饿与疾病？方才还有成百上千的办公室被烧毁。是他点的火。他亲眼看到了那些灰烬四散飘落。但现在，人们又开始在办公室里写字，又出现了一本本新的、薄薄的册子，带着绿色或者红色的格线，每个人在那里都有自己的号码，像小孩子有自己的保护天使一样。“我不想这样！”弗里德里希喊道。我不想这样，他想。当他自己也坐在办公室里，向一个身穿蓝色水手裙的女孩口授时。她手里的笔是多么灵活！那是克诺尔牌铅笔，亮黄色笔身，笔头又尖又长。随后女孩便走进了大的写字间，在打字机上敲了起来。报告装进了信使的文件袋里，送到了秘书处。秘书处里是M.博士，一个粗笨矮胖的男人，脸上好像被大鼻子占满了，眼睛又小又邪恶，额头上全是毫无意义的皱纹，它们只是皮肤闹情绪的后果，根本与愁苦和思考毫无关系。M.博士讨厌弗里德里希，自己想去国外做调研工作。正像政党内部首脑级的大人物不愿出国，无论付出什么代价也要留在莫斯科一样，中层官员最渴望的无非是外派去资本主义国家，在那里他们可以体验自己对资产阶级的向往。他们想喝啤酒，坐在一张摆好了餐具的桌子边。要是没有所谓的无产阶级该多好啊！

但无产阶级到底是什么？那些议员被监禁然后重获自由，那些不知名的无产者在监狱里被遗忘，或者被枪杀，被绞死。他们为何存在？为什么正是那些想建立新世界的人却按照世上最古老的错误行事？那种最古老、最荒诞的错误，相信牺牲的神圣性。难道不是祖国在要求人牺牲吗？难道不是宗教在要求人献祭吗？但是，但是革命也要求这些！革命把人都赶到祭台前，每一个到了那里的人，死的时候都坚信自己为伟大的事业献出了生命。而现在，权力却站到了活着的人身边！世界已经老去，血腥成了平常的景象，死亡毫无价值。所有的人都白白死去，一年之后就被遗忘了。像纸那样不死的只有浪漫。

我不是带着信仰去工作的，弗里德里希对自己说。二十年前，这会被人认为是一种无耻行径。我领薪水，但不相信那套说教。我鄙视那些我要与之交往的人，我不相信这场革命胜利了。毫无疑问，那些刚硬而物质的法律至少统治着世界中文明的部分，但它们的字里行间仿佛存在着未知的、无法读出的秘密。

弗里德里希站在那里，像一个船长。他的船已经沉没了，但他由于可憎的命运却活了下来，这违反了他的责任，也违反了他的使命。他活在这片土地上，而土地对他而言却是陌生的元素。

五

弗里德里希病了。

他一个人躺在房间里，被发烧时的迷醉轻柔地环抱着，第一次被孤独爱抚着。此前，孤独一直残酷而忠诚地陪伴着，他深知其冷酷和沉默。但现在，弗里德里希发现了它温柔的友情，聆听着它声音中静默的旋律。没有朋友，没有爱人，没有同志。只有一个个思想像孩子一样，同时在孕育、出生和成长。此生第一次，弗里德里希认识到了疾病，它似乎用温柔的双手善意地催促，还有那种神奇的感觉，以为自己能起身，但却不愿起来。它让你觉得自己虽然躺着，但同时也在漂浮。似乎有一种力量从孤独中来，像不幸的怜悯。灰色宽广的天空透过高挑房间的窗户挤了进来，这是唯一从外面来的客人，在与你默默对话。弗里德里希心想，若是别人生病，会有朋友来，会问他能否抽烟，会握住病人的手，但想着过后要洗手——出于卫生原因。爱人会发展出自己的母性，为了证实自己有爱的能力，不断克服自己，用细嫩的手抓恶心的东西。同志们来的时候带着乐观的吵闹，也把新闻带到床边，但必须经过某些包装。他们开怀大笑，也宽容地微笑，同时也意识到自己的健康，就像看到乞丐时把手伸进自己口袋的善人，虽然不愿意，但也意识到了自己有钱。只有我孤身一人。别尔泽耶夫留在了俄国。他有他的祖国。但我没有。或许在一百年或者两百年之后，没有人还会把一个地方看作故乡或者避难所。地球上所有的地方都会是同一个样子。就像海员，只要有海浪澎湃的地方，就是他们的家。那么，所有长着草，有岩石和沙子的地方，就是每个人的家。我出生得或许太晚，或许太早。我只是大自然在决定创造出一个新类型之前偶尔做的实验。当我的烧退了，我就起来，远去。我命中注定是一个异乡客，而我也要切实地实现这个命运。我要将疾病隐隐的孤独略微延长，远行会把我的孤独转变为快乐，就像疾病差点儿做到的那样。

烧退了。弗里德里希起了床。因为没有童年时代，也没有母亲，因为在成长期没听过各种疾病的名字，也没道理要与人谈论疾病，所以他对自己得了什么病并不好奇。但想要休假，就必须说出个病因来。他被告知了病情，得到了半年假。我现在做的事很卑鄙，他自言自语道。根据这个愚蠢世界的道德观，为某个事业而工作，但不像其大多数管理者那样对此深信不疑，已经是种无耻行径。但更无耻的是，中断这种工作，还能为此拿到钱。无论是资产阶级社会还是其革命对手，都有一个贴切的词来描述这种行为。这种行为被称为“玩世不恭”。个人是不允许愤世嫉俗的。只有国家、政党和未来的管理者才能使用它。个人只能跟随某个观点。我是个玩世不恭的人。

弗里德里希筹措了一些钱——已经不知道是人生中第几次了，还搞到了一本带假名字的护照。革命已经在外交上合法了。一本假护照不会再令弗里德里希多么高兴。即便反动党的警察也会认可革命者的假名字，就如同巴尔干地区那些侯爵的化名一样。只有那些还在报道阴险工厂主的报纸，在通报某个危险的革命使者持假护照抵达时，偶尔还以为自己在为政府提供新闻。而事实上，政府会努力不让报纸对这些危险人物有所察觉。弗里德里希曾以为，自己用果敢的机谋和多余的伪装，独自与世界秩序及其守护者斗争，但那个时代已经过去了。现在，他有这项不成文但受到国际认可的非法权利。

弗里德里希走过文明世界里的那些大城市，看到那些博物馆，过往的财富被堆积在里面，就像仓库里无人使用的旧家具。他走进剧院，看到某一小段人生被一幕幕展现在舞台上，带着噱头，被那些涂脂抹粉的人所扮演，还要买票入场。他读报纸，里面传播着关于各种事件的新闻，就像给那些平淡无奇的物体盖上了有趣的面纱。他坐在咖啡馆和饭馆，在那里，人像橱窗里的商品一样聚集。他走访了那些寒酸的酒馆，社会中被称为“人民”的那部分人在这里消遣。他享受着这份坚强而有力的光辉，这是贫穷喜悦的伴侣。如同自己从不曾是其中一员似的，他像一个陌生人一样去参加那些聚会，去聆听政治，去感受政治这个熙熙攘攘世界中的因素。就如同自己从未面对民众演讲一般，惊诧于人们质朴的热情，他们会为某个空洞的口号而欢呼，就像一口廉价的钟被敲响时，虔诚的教徒也会对其祈祷。好像革命和战争都不曾发生过一般！一切都不曾发生！一切痕迹都被抹去！青年男子穿着宽大、垂坠的裤子，肩膀上是厚厚的垫肩，屁股柔软地卖弄着风情，整整一代人都没有了性别之分，所有社会阶层皆如此。足球强健了肌肉，也给了所有人同样的表情，既有精神的在场，也有思想的空洞。无产阶级准备去革命，资产阶级准备去享受。旗帜招展，人们驱步前行，就像某些马戏团会在所有大城市中重复巡演一般，每个大城市里也埋葬了一位不知名的烈士。弗里德里希看这些烈士纪念碑，就如同小地方的人见到跳踢踏舞的黑人。

现在弗里德里希亲眼看到了“生活”，它反射出的光遥远、神秘，透露着神奇，照亮了他早年的那些愿望。正如广告灯牌对面窗玻璃上映照出的深红色的光，会被人认为是神秘火焰的火光。现在，他看清了自己那些美丽幻象的源头。他甚至得意扬扬地嘲笑自己，那份感觉好像一个聪明人揭开了某些错误一样。他四处行走，发现一个又一个源头，他不断胜利，因为他了解自己。

随着时间的推移，弗里德里希渐渐看清了所有的本源，而且用时比想象的还要快。他认识到了陌生城市的孤独。在夜色初露时，银色的街灯亮起，他漫无目的地游走，那种孤寂的痛像有千万根针，突然刺向身体。他走过阴雨中的街道，踏上泛着水光的沥青广场，像一片石海。他竖立起大衣的领子，从外面扣紧，只有目光引领他走向远方。明亮的清晨，弗里德里希早早起身，走进那些行色匆匆的人群中。他不再端详身边的女人们，但她们的美像光一样照向他。花园里孩子们开怀地笑着，行动迟缓的老人，在急匆匆的人群中显得更加令人尊敬，也显得更加慢吞吞。这些都散发出一种融洽和温和。最终也有一些日子，那些无法被破坏的简单美好展现了出来，他对生活能重新开始的期盼也得到了慰藉，似乎毫不费力就能梦想成真。

当春天来临时，弗里德里希正身处巴黎。每个夜晚，他都走过平坦而宁静的街道，遇到一辆辆满载的马车，马匹健硕敦实，长鬃毛一簇簇的，脖子上的铃铛一直温和地响着，带着乡村的气息，迈着缓慢的步子向市场走去。车上一层层鲜绿的菜垛整齐地摆放着，宽大的叶片在摇曳之间露出亮白的菜心，细长的胡萝卜像染上了做作的浅红色，还有细细切碎的牛肉泛出的油亮红润的血色。每个夜晚，弗里德里希都去一家开设在地下的酒馆，草野之民们在这里跳舞，这里有水手、妓女和殖民地各种肤色的人。兴高采烈的人群随着手风琴拥入灯火通明的大厅，这是种欢闹又忧郁的乐器。他喜爱这种乐器，因为这让他想到了革命的同志们。因为这音乐茫然若失又无忧无虑，如同回忆中在东方村落里那些平和的夜晚，同时又像非洲沙漠中炽热的高温。因为它包含了严寒的歌唱，也包含了夏日永恒的寂静。四面的墙壁上，宽大的镜子反射出房顶上一排排的灯光，把一个房间分成了二十个，让一个舞者有了上百个身影。阶梯和门通往黑夜里的街道，但这些他已经看不见了。与砖瓦和大理石相比，墙面上的镜子把这个大厅更严密地封闭起来，将这个地下室变成了独一无二的地下天堂，而且没有尽头。他坐在一张桌子边，喝着烧酒。某个时刻，弗里德里希似乎觉得自己不再有任何畏惧，因为这一夜是这个世界的最后一晚，世界不再有明天。他让人拿来一张纸，开始写信，但信上并没有收信人的称谓：

“多年来，我已经不再想您。但这几天，您却在我的脑海中挥之不去。我知道，您已经不会再想起我。您的生活，如今仍和我的有云泥之别，就像两颗星球之间那么遥远。但这里是我的地址。实话实说，我应该向您坦白，并没有任何不可抗拒的力量在逼迫我给您写这封信。但这或许是一个不可抗拒的希望……”

他走上街。东方泛起灰白，今天，如同每一天，这个世界依旧没有毁灭。一束蓝色的光照在房子上，一个人打开了窗子。汽车发动机发出恼人的嗡嗡声。清晨，光线逐渐苏醒，弗里德里希把信塞进了邮筒。

六

如今的时代已经不再伟大，邮政也畅通无阻。那封信达到希尔德手中只晚了三天。某一天晚上，当弗里德里希回到宾馆时，有人在等他。

希尔德坐在那里，穿着长大衣，被雨水淋湿了，冒着雾气，手里拿着帽子，一言不发。她讲述自己的丈夫和孩子，讲述自己这几年悲惨的生活，还有自己的老父亲。而且，她把父亲也带来了，要给他找个疗养地，这样也能消除丈夫的疑心。

一家人现在很好。她丈夫恰恰因为平庸而获益。那些天生具有商业投资头脑的人，却在自己掀起的风暴中沉沦，就像斗士在自己发动的冒险中死去。但冯·德尔沙塔先生属于商业圈里平庸的那部分官僚，他们恰恰因为丝毫不敢作为，而受益巨大。她说的都是些行话，是那些总经理的母语——这些“职位”准许某些事情，但将要禁止或者已经禁止另一些事情。一些陌生人走进他们两人所在的房间。她便不再讲话。但现在开始的沉默，却表达出了所有想要坦言的话，那些她之前欲言又止，只吐露了一半的，也得到了补充。陌生人在场，这种沉默更加让她感到不适。就好像他们两个人还年轻，犹如当年在咖啡馆那样，外面那些偶然的事都让她感到手足无措。外面下着雨。房间里坐着一些陌生人。他想，如果现在去我房间，那一切就决定了。希尔德等着。弗里德里希未置一词。

“或许我们到您房间去？”长久的沉默后，响起希尔德早已准备好的这个问题。

他们走上台阶，电梯里还有一个陌生人，像是在见证希尔德的迷茫，这让她有些不知所措。两人默默走着，彼此之间隔着很大的空间，好像是要上去清算旧仇一般。她坐了下来，没有脱大衣。帽子细窄的边缘在眼睛上投下了阴影。她的大衣一直扣到下巴，眼神中有某种坚决和勇敢。当时踏上火车的果决如今还在她身体里。弗里德里希走向窗边，和一个女人尴尬地待在房间里时，有一半的男人都会做出这个动作。“你为什么不说话？”她突然说。她的问题里还有恐惧在颤抖。他听出了这种恐惧，也听到了两个人之间第一次以“你”相称。那就像是春天的第一道闪电。他转过身，心里想着，她现在要哭了。他看见，她那双湿润的眼睛也正在看着他，毫无畏惧，因为有眼泪作为武器。

弗里德里希想说：您因何来这里？但又改了口。思量着怎样才能不那么伤人：“因何”或“为何”。他最后决定用善意的“怎样”，而且与“你”连用。于是说：“你怎样来这里的？”

女人冒险做荒唐事的时候，总是思维很敏捷，希尔德也一样，所以来之前把父亲也带上了，如此便能消除丈夫的疑心。仅仅为了不再陷入尴尬的沉默之中，他说：“你原来是和父亲一起来的！”

“你在想什么？”她说，“你是不是从没想过我会来，写那封信是不是也是因为一时的心情？你写信的时候可能喝了酒。”

“是的，”他回答，“是一种深沉而严肃的心绪。我没想过你会来。这样说并非是指责，而是一种痛苦：你十年前就应该来的。这期间发生了太多事。”“讲给我听吧。”希尔德说。

“这些一口气讲不完。我不知道该从何开始。我也不知道哪些事情是重要的。我觉得，与那些无法言说的东西相比，事实远没有那么重要。比如我参加的战斗，与之相比更重要的，是时刻萦绕在我心中的绝望。还有某个词，不时会有人在我眼前为之付出生命，这有时为我揭开了某个人的本质，有时甚至揭开了人类的本质。或许跟你说名字就足够了，过去这些年我一直用这个名字生活。”弗里德里希将自己的笔名告诉了她，那是他曾经十分引以为傲的。

这个名字希尔德听到过，也读到过，但并不知道其下隐藏的是谁。现在，这个名字就好像证实了她的无知和罪责，她开始哭泣。现在我必须走过去，弗里德里希想，过去吻她，看着她在绝望之中摘下帽子，捋顺头发。和全世界的人一样，她的头发剪得很短。弗里德里希走过去，很高兴，因为知道自己要做什么，他从希尔德手里拿下了帽子。

希尔德摇摇头，站起身，用眼神恳求对方把帽子还回来，轻声地说：“我得走了。”

我应该让她走，弗里德里希心想。

希尔德抬起双臂，戴上帽子，动作在他眼里绝望而无比美丽，是他从未在希尔德身上见到过的美丽。她还是那么年轻，岁月像轻柔的风拂过她。她生了两个孩子，依然年轻。弗里德里希又看到那个姑娘，坐在默默前行的车里，在商店里试手套，在咖啡馆的角落里，在他身边，在雨中的街道。这一个抬起双臂的动作，集中了她所有的美。这个动作像祈祷，也像脱衣，像拒绝，同时也像顺从，像一切形式的美。她又放下了双臂。右手开始仔细地给左手戴上手套。

“留下！”弗里德里希突然说，之后又补充了一句，“别走！”而且说得声音更轻，更温柔，还有丝丝急切，像在批评自己。

我还没去转动钥匙，时机正完美。——他看到，希尔德看了一下门，又缓慢地摘下了手套。这只手像是被脱去了衣服，与裸露有所不同，是脱去了衣服。他觉得是第一次看到她这样的手。他一下子走到门边，锁上了门。

七

老迈的冯·迈尔科尔先生第二天就要去疗养。弗里德里希当晚见了他。饭店里隆重的灯光让这位白发老人显得更令人尊重，也让他女儿的美更加光彩照人。冯·迈尔科尔先生看起来比实际年龄还要老，像那些年代久远的肖像画，脸上被时间雕塑的痕迹要多于自然和艺术，像那个逝去的时代，不可挽回。这些脸庞是时代的镜子，被赋予了悲伤而庄严的光芒。冯·迈尔科尔先生从来不是个聪明人。但如今，正如某些状况下，年纪增添了智慧。冯·迈尔科尔先生属于那些历经了整个时代的人，所以，他仍然唤起了弗里德里希心底的谦逊和敬畏，像面对古老文物时应该有的那样。冯·迈尔科尔先生似乎没有怀疑，弗里德里希与希尔德的见面纯属巧合。但即便怀疑，由于十分尊重女儿的生活和秘密，那些人们不愿吐露的关联，他也只愿去猜测。和许多同辈的男人一样，冯·迈尔科尔先生也自然认为自己的妻女必定举止得体，端庄持重，誉有清名。他是最后一代有修养的中欧人，当女人在面前站着时，自己也不能坐着不动。这代人总对年轻人的风貌很是愕然，但又不敢直言批判。他们用餐时还能体面地谈话，即便在不了解的情况下也能说出理智的话，彬彬有礼，心怀善意，客套恭维时像恋爱中那些没有结果的甜言蜜语。冯·迈尔科尔先生知道自己女儿不幸的婚姻，但从想不到去谴责自己，当年正是他逼迫那位总经理先生娶了希尔德。现在，年岁让他慧眼如炬，但仍然保持沉默，这不仅是因为羞于询问，而且是更羞于让别人知道，自己还能猜对。

“我还能清楚地记得您，”他对弗里德里希说，“您来过我家一次。”这让弗里德里希想到那位正直的记者，矢口否认曾见过自己。“发生了太多事情，但我觉得，这些我们好像提前都知道。年复一年，我亲眼看着这个国家解体，人也变得更加冷漠，而且更多恨意，是的，更多恨意。”他补充道。冯·迈尔科尔先生说话时带着一种天国般的宽容。

“我们闹了笑话，所有人都跟着笑。”他继续道，“我自己也闹了一些笑话。您要相信我，笑话就能让一个古老的国家毁灭。所有民众都满怀嘲讽。但在我那个时代，那时人还比国籍重要，那时还有可能把这个古老的王朝当作所有人的故乡。这个王朝本来可以成为未来宏伟世界的榜样，同时作为对欧洲南北相连的伟大时代最后的回忆。但一切都结束了。”说完这段话，冯·迈尔科尔先生手轻轻挥了一下，似乎把回忆中剩下的最后那一部分也赶走了。

但老人的悲伤中还伴着一种明快。对故国的这番悼词没有阻止他去品尝黑咖啡，去品味细细的香烟。他看起来似乎加倍地享受生活，因为在他的时代结束之后，生活还在继续。他似乎惬意地享受着每一天，每一个夜晚，每一顿饭，这是上苍给他的恩赐，就像意外获得了并不应得的假期一般。王朝的毁灭只是终结了生命中有所作为的时段，他现在不再作为时代的经历者存在，但仍然是新时代被动的观察者。虽然根本不喜欢这个新时代，但这对他没有丝毫的影响，因为这个时代已经和他毫无关系了。

他同弗里德里希告别，希尔德陪着他。希尔德一小时后又回到弗里德里希处。

在这一个小时的时间里，弗里德里希来来回回地在酒店前走着，与十年前完全一样。一切都苏醒了！他心想。从当年我第一次看见她在马车里，到今天，这期间什么也没有发生。我依然年轻、幸福。我还相信爱情的奇迹吗？这显然是奇迹，如果把中间发生过的所有事都抹去。

弗里德里希随后对希尔德说："当我在西伯利亚逃亡的时候，我曾想过，要带你去平静的远方。世上一定还有遥远而平和的国度。我们就去那里。"

"我们不需要这些，就能很幸福。"

两人走过宽阔明亮的街道，穿过热闹的广场，躲过危险，但并不谨小慎微，只是凭着发达的直觉去活着，去生活。他们可以把自己从灾难中拯救出来，可以成为千万亡魂中仅有的幸存者。

男人恋爱时会做的各种各样的蠢事，弗里德里希无一幸免。他十分嫉妒，但并非嫉妒那个男人，而是嫉妒希尔德那些因为没有他而虚度的时间。最后，他还问了恋爱手册里男人最愚蠢的问题："你为什么没有等我？"而他只可能得到一种回答，这是任何其他女人也同样会说的话，在逻辑上并非是回答，而是问题的延续："我一直都只爱你。"

于是，他开始把这份源自不寻常生活的爱，转化为寻常的爱。他体会到了那种会逝去，但依然永恒的快乐。而且此生第一次，他感受到了幸福，幸福就在于为了小目标而放弃那些大目标，在于将那些已经实现的目标无限扩大，以至于再无所求。他们驶过白色的城市，站在巨大的海港，看一艘艘船驶向遥远的海岸，目送一列列火车向陌生的远方疾驰。每一次看到船舶与列车，他们都会看到自己随之驶向远方，驶向未来，驶向未知。他们胆怯地数着还能在一起的日子，数字越小，剩余的日子就应该越丰富，越特别。第一周，计算时间的最小单位还是周，但第二周，就变成了天，而在第三周、第四周，每一秒都变得像几天那么珍贵，他们开始为在第一周曾挥霍的时间而痛惜。

“我愿追随你去任何地方，”希尔德说，“哪怕是西伯利亚。”

“我去那里干吗呢？我不再想让自己置身险地。”

“你还想做什么？”

“什么都不做。”

希尔德失望地陷入深深的沉默。这是他们两人第一次，突然无法理解对方。这样的时刻出现得越来越多，只是又被他们遗忘了。两人都想等更合适的机会再去解释，但这样的机会根本没有到来，这样沉默的时刻变得越来越多。有时，弗里德里希没有回应对方的柔情。每个人的嘴里都说出过一些话，毫无回应，就像石头落入深不见底的洞穴。

有一次，或许为了缓和与弗里德里希的关系，希尔德说：“我依然钦佩你。”他不禁回答道：“你不钦佩的又有谁呢？画家？有才学的作家？战争？伤员？现在，你钦佩一个革命者。”

“人是会变聪明的。”她回答。

“人是会变笨的。”他说。

然后便是你一言我一语毫无意义的空话，就像一场全是空子弹的战斗。

她必须要有一个钦佩的人，弗里德里希想。我现在是她的英雄。太晚了，太晚了。她认可了我，但同时，我开始否定自己。我不再是原来那个我，我只是在扮演他，为了取悦芳心。

但两人还是约定，希尔德会离开丈夫和孩子。

“别忘了，”她在登上火车时说，“我愿追随你去任何地方。”车开始动起来时她又补充道：“哪怕是西伯利亚。”他已经无法回答了。

她一周后就会来到他身边。

八

其实，如果从有情人终成眷属的角度来看，弗里德里希·卡尔干同志的故事到这里算是有始有终了，这本书的最后几页应该去展现家庭的温馨。但是，我们在前文的叙述中已经了解到，弗里德里希命运独特，性情多变，他动荡的一生拒绝有如此平和的结局。几周前，我们突然得知，他已与几名所谓的“反动派”一同前往西伯利亚，将在那里长期逗留。众所周知，这些“反动派”早已对俄国主流方针进行了公开的反抗。是什么促使弗里德里希，再一次，为了这份自己已不再坚信的事业而奋不顾身？对他生命中最后的一些事情，我们知道得并不多，因而只能据此进行如下猜测：

在希尔德离开之后，弗里德里希从朋友别尔泽耶夫那里得到了消息。“十分抱歉，”别尔泽耶夫写道，“我没有随你一起到国外，或许我们再也无法相见了。有无政府主义思想的人才如此善感，但如今，我也不再对此感到羞耻，因为我已经被公然夺去了一个革命者的荣耀。为了安慰你，我要对你说，尽管被迫无奈，但我愿意去流放。如果萨维里知道这些——他一直甚是迁就我这份心底的渴望，为了惩罚我，一定会让我永远在莫斯科和柏林之间充当信使。也就是服务于文化传播，无产阶级的电气化，将他们转变为勤奋的中产阶级。对于我们这一类人而言，西伯利亚是唯一可能的停留之地。”

这样一种浪迹天涯的渴望，弗里德里希当然也有。但人是否能改变自己命运的轨迹，这似乎并非能随意抉择的。那种曾为伟大理想，曾为人类而赴汤蹈火的幸福，仍旧长期左右着我们的选择，尽管怀疑已经让我们看清了一切，让我们变得醒悟而无望。若你曾浴火而行，余生将永远留下烙印。或许那位女子回到弗里德里希身边已经太迟了。或许与女人相比，他的老朋友更加重要。

这位老朋友——如同曾经共同的理想主义情怀一样，如今，同样的苦楚滋养了他们之间的友谊。两人像沉默先知一般，骄傲而悲伤，他们无字的书写描绘出了未来的特征，这将是非人的、完全科技化的。它的标志是飞机和足球，而非镰刀和锤子。“尽管被迫无奈，但我愿意”，正如别尔泽耶夫写道的，其他人也这样前往了西伯利亚。

九

因此，弗里德里希或许奉命回到了莫斯科。他站在萨维里的办公室里。这间办公室应该位于莫斯科经常被提到，也可以说，最令人生畏的建筑里。浅黄色的墙壁上没有像常见的那样，悬挂马克思和列宁的画像。三把宽大舒适的单人皮沙发椅，两把在大办公桌前，一把在桌后。萨维里就坐在桌后的这把椅子上，背后是窗户，面朝门口。办公桌上玻璃杯反着光，上面只放了一张黄色的空白八开纸。玻璃杯倒映出窗口暗淡的天空。这个空房间似乎在等着被装潢，但萨维里已经在这里工作了两年多，更令人惊诧的是，这里铺着又厚又软的红地毯，不仅走在上面没有声响，似乎也吸走了其他一切声音，这也是它存在的目的。萨维里看起来依旧像那个穿越边境的早晨时的模样。R. 就曾说，他几乎没变，就像是某种原则。

“您请坐。”萨维里对弗里德里希说。

“需要这么久吗？”

“您若站着，我也就不好坐着。”

“我不想让咱们俩都觉得不舒服。”萨维里站了起来。

“如果您愿意，”萨维里开始说，“您可以有人同去。R. 明天就走，他去凯米，距离索洛维茨基群岛[①] 65 公里。正如您所知，那里的岛屿不错，北纬 65 度，东经 36 度。海岸都是岩壁，有很多浪漫主义色彩的悬崖深渊。八千五百名浪漫主义者已经在那里了。您不要小看那座 15 世纪的修道院，它的圆顶是镀金的。我们仅仅把十字架清理走了。这会让 R. 伤心了。”

“R. 不是我的同伴，”弗里德里希回答，“您搞错了，萨维里。在那个重要的时期，R. 是您的朋友，并非我的。您知道，我想去别尔泽耶夫那里。”

“友情的事我并不了解。和你我不一样，R. 已经不再有职务了。他不愿再履行职责了，这和您一样。”

“他有他的功劳。”

“这不关我们的事。我们要书写自己的历史。我从没有什么功劳。我不过是个工具。”

---

① 位于俄罗斯白海，苏联最早的劳改营设立于此。——译者注

“这话您曾对我说过。”

“是的，大概在二十年前。我记忆力很好。当时还有您的一位朋友在场。您想见他吗？”

萨维里走到门边，低声对哨兵说了些什么。门半开着。几分钟之后，卡普杜拉克出现在门里。好像来就只为这个目的，他开始说：

“帕尔特哈格纳死了，如您所见，我还活着。”

随后他开始在房间里四处走动，好像要证明自己还活着。头上戴着帽子，手背在身后。

“您看，萨维里同志并非不知感恩。您还记得吗？有次，我本可以因为他而得到五万卢布呢。”

“您在这里能得到什么？”

“各种经验，经验。火车的花费不算太高，我有时陪朋友坐卧铺车。您还记得，我们原先会走着去吗？现在我不行了。您看！”卡普杜拉克摘下帽子，浓密的头发雪白雪白的，白得像老帕尔特哈格纳的胡子。

他陪同弗里德里希前往P.。弗里德里希坐的不再是甲板间，车厢的窗户也不再钉有铁棂。让卡普杜拉克陪同他，并非因为不信任他，而是让卡普杜拉克作为向导。因为萨维里应该感觉到了事态的明显尖锐化，这些都是他任意妄为所致。

十

当这几行文字落笔成文的时候，弗里德里希正和别尔泽耶夫生活在 P.，和当年在科雷姆斯克完全一样。

但 P. 是个大一些的城市，这里大约有五万人口。此外，这里还住着一名波兰男子，名叫巴拉诺维奇，此人少年时便自愿留在西伯利亚，而且对外面的世界并不好奇，多事之秋的那些消息传到他孤独住所的四壁时，已经像遥远的回声一般。巴拉诺维奇同两条大狗一起生活，耶格尔和巴林。这位怪人还对这样的生活颇为满意，这些年，他还收留了一名美丽而安静的女子——阿尔雅，我朋友弗兰茨·佟达是她丈夫。佟达去西方之后，阿尔雅就离开了他。巴拉诺维奇家中往来的都是护林员和猎人。每年，犹太人格林都会来一次，带来一些新技术的产品。据悉，弗里德里希和别尔泽耶夫同巴拉诺维奇结为了好友，他是值得信赖的人。

弗里德里希和别尔泽耶夫重新过着原来的生活。在冬日的夜里，似乎能听到风霜在吟唱，它的旋律让这些流放者想起了电报线隐隐的嘤嘤声，像文明世界里的电竖琴。黄昏的时间很慢，很长，很沉重，几乎遮盖了这凄楚一天的大半部分。朋友们之间能说些什么呢？那份为了人民而被流放的慰藉，他们应该已经没有了。我们希望，他们在准备逃亡。

我们认为，一个失望透顶的人，应该会在孤独中克制自己的思乡之情，在这份嘈杂的空洞中勇敢地坚持下去。而弗里德里希这样放弃了希望坚定做看客的人，应该有许多乐子：旧海港里曲折的水渠中，水和鱼发出的腐烂味道。地下室的灯和镜子，弥散着天堂般的光。浓妆艳抹的姑娘和蓝衣水手在跳舞，手风琴喧闹又忧伤，管风琴弹着喜悦的民谣。宽阔的街道和广场，沥青的河流和湖泊，都在愚蠢而美丽地翻涌。火车站亮着的红红绿绿的信号灯，这里还有满是思念的玻璃大厅。最终，还有一个孤独的人，他的悲伤坚定而骄傲，他在喜悦、愚蠢和痛苦的边缘游走……

约瑟夫·罗特生平简表

1894 年 9 月 2 日	出生于奥匈帝国东部边境小城布朗迪(今属乌克兰)
1905—1913 年	在布朗迪上德语小学及文理中学
1914—1916 年	在林伯格大学及维也纳大学上学;1916 年发表第一部短篇小说《优等生》(*Der Vorzugsschüler*)
1916—1918 年	参加第一次世界大战
1919 年起	作为记者,为维也纳、柏林、布拉格的报纸和杂志撰稿
1923 年起	为《法兰克福报》撰稿
1923 年	出版第一部长篇小说《蛛网》(*Das Spinnennetz*)
1924 年	受《法兰克福报》委托进行波兰之旅。出版小说《萨沃伊饭店》(*Hotel Savoy*)、《造反》(*Die Rebellion*)
1925 年	第一次法国之旅
1926 年	受《法兰克福报》委托进行苏联之旅

1927—1929 年	出版小说《漂泊的犹太人》(*Juden auf Wanderschaft* ,1927)、《无尽的逃亡》(*Die Flucht ohne Ende* ,1927)、《齐珀与他的父亲》(*Zipper und sein Vater* ,1928)、《右与左》(*Rechts und Links* ,1929)、《沉默的先知》(*Der stumme Prophet* ,1929)
1930 年	出版小说《约伯记》(*Hiob*)
1932 年	出版小说《拉德茨基进行曲》(*Radetzkymarsch*),半年内再版五次
1933 年	因犹太出身和反对纳粹,被禁止在德国出版作品
1933—1939 年	流亡国外,陆续创作和出版小说:《塔拉巴斯》(*Tarabas*,1934)、《皇帝的胸像》(*Die Büste des Kaisers*,1935)、《百日》(*Die Hundert Tage*,1936)、《假秤》(*Das falsche Gewich*,1937)、《先王冢》(*Die Kapuzinergruft*,1938)、《第 1002 夜的故事》(*Die Geschichte von der 1002. Nacht*,1939)、《一个虔诚酒徒的传说》(*Die Legende vom heiligen Trinker*,1939)、《列维坦》(*Der Leviathan*,罗特去世后 1940 年出版) 等
1939 年 5 月 27 日	客死巴黎